www.ingramcontent.com/pod-product-compliance
Lightning Source LLC
LaVergne TN
LVHW051120051026
849532LV00004BB/1616
* 9 7 8 9 3 5 8 7 2 6 8 5 5 *

انسان اور درندے

(افسانے)

ہنس راج رہبر

Insaan aur Darinde *(Short Stories)*

by: Hansraj Rahbar

Edition: July '2025

Publisher :

Taemeer Publications LLC (Michigan, USA / Hyderabad, India)

ISBN 978-93-5872-685-5

9 789358 726855

کتاب	:	**انسان اور درندے** (افسانے)
مصنف	:	**ہنس راج رہبر**
صنف	:	فکشن
ناشر	:	تعمیر پبلی کیشنز (حیدرآباد، انڈیا)
سالِ اشاعت	:	۲۰۲۵ء
صفحات	:	۱۰۴
سرورق ڈیزائن	:	تعمیر ویب ڈیزائن

فہرست

(۱)	اب اور تب	6
(۲)	باپ	17
(۳)	بگلا بھگتی	31
(۴)	بلبل	37
(۵)	بوڑھا انور	43
(۶)	بھاشن	50
(۷)	بھائی	60
(۸)	راجا رام	73
(۹)	انسان اور درندے	94

اب اور تب

شربتی کا سر ننگا تھا اور بال قدرے بکھرے ہوئے تھے۔ جنہیں وہ بائیں ہاتھ سے گاہے گاہے درست کر لیتی تھی۔ ورنہ اس کی تمام تر توجہ اپنے کام پر مرکوز تھی۔ ماحول سے بے نیاز وہ رضائیاں سینے میں منہمک تھی۔ وہ جانتی تھی کہ دن بھر سخت محنت کر کے وہ جتنی رضائیوں میں دھاگے ڈال دے گی اتنے ہی پیسے اُسے مل جائیں گے۔ پہلے روز وہ بمشکل ایک رضائی میں دھاگے ڈال سکی تھی۔ لیکن اب دو میں ڈال لیتی تھی اور اپنے کام کی رفتار اس سے کم ہونے دینا نہیں چاہتی تھی۔ اس لیے اس کا ہاتھ جلدی جلدی چل رہا تھا۔ اسے تن کی سدھ بدھ بھول گئی تھی۔ وہ ایک قمیص اور شلوار پہنے ہوئے تھی۔ اور رضائی کے ایک کونے سے دوسرے کونے تک گھوم رہی تھی۔ جہاں بیٹھ کر اُس نے کام شروع کیا تھا۔ دوپٹہ وہیں زمین پر پڑا رہ گیا تھا۔ جس کی اسے مطلق پرواہ نہ تھی۔ کیونکہ سر کو ڈھانپنے کی فکر کرنے سے کام میں ہرج واقع ہوتا تھا۔ کام ادھورا رہنے سے ٹھیکیدار آدھی مزدوری کاٹ لیتا تھا۔

سرکار فوج کے لیے رضائیاں تیار کروا رہی تھی۔ کام ٹھیکے پر ہو رہا تھا، روئی بھرنے کے بعد انہیں سینا درکار تھا۔ چنانچہ قرولباغ کے مغربی کونے پر جو نئی بستی آباد ہوئی ہے وہاں ایک کھلے میدان میں رضائیاں بچھی ہوئی تھیں اور سینکڑوں عورتیں ان میں دھاگے ڈالنے کا کام کر رہی تھیں ان میں سے اکثریت مزدور عورتوں کی تھی۔

جو برسوں اور پشتوں سے مزدوری کرتی چلی آرہی تھیں اس لیے محنت مزدوری کرنا ان کی عادت بن چکی تھی۔ اس کام میں انہیں ذرا بھی جھجک یا شرم محسوس نہیں ہوتی تھی۔ وہ اطمینان سے رضائیاں سی رہی تھیں۔ اور ان کے بچے قریب ہی کھیل رہے تھے۔

لیکن ان میں کافی تعداد ایسی عورتوں کی بھی تھی جنہوں نے پہلے پہل اس میدان میں قدم رکھا تھا۔ محنت کو اُجرت میں تبدیل کرنے کا اُن کی زندگی میں یہ پہلا موقع تھا۔ انہیں اس جگہ تک پہنچنے میں بہت کچھ ذہنی تذبذب اور روحانی کشمکش کا سامنا کرنا پڑا تھا۔ اور جب آئی تھیں تو ان پر ایک غیر قدرتی احساس طاری تھا۔ سانس پھولی ہوئی معلوم ہوتی تھی۔ جیسے کوئی دیوار پھاندنا پڑی ہو۔ بہت سے اصول توڑے ہوں۔

شربتی بھی ایسی ہی عورت تھی۔ اُس نے بہت ہی ناسازگار حالات میں محنت مزدوری کرنے کا فیصلہ کیا تھا۔ اور جب پہلے روز اپنے خاوند کرپارام سے کام پر آنے کی اجازت طلب کی تھی تو اس پر ایک دم سناٹا سا چھا گیا تھا۔ جیسے اس کی روح کو بجلی نے چھو دیا ہو۔ اس پر کافی دیر تک سکتے کا عالم طاری رہا۔ جب شربتی نے اپنی بات ایک بار پھر دہرائی تو اس نے بے بس اور مغموم نگاہوں سے اس کی طرف دیکھا اور چپ رہ گیا۔ اس کی زبان سے ایک لفظ بھی نہ نکل سکا۔ جب شربتی چلی گئی تو وہ کافی دیر تک اسی حالت میں بیٹھا نہ معلوم کیا سوچتا رہا۔ اور دل ہی دل میں کڑھتا اور جھنجھلاتا رہا۔

کرپارام مغربی پنجاب سے اُجڑ کر دہلی آیا تھا۔ کافی دیر تک وہ شرنارتھی کہلاتا رہا۔ لیکن اسے اور اس کے اکثر بھائیوں کو اس نام سے چڑ تھی۔ کیونکہ وہ کسی کی شرن میں نہیں آئے تھے۔ وقت کی ایک طوفانی اور خوفناک لہر نے انہیں یہاں لا پھینکا تھا۔ اس لیے حکومت نے ان کے جذبات کا احترام کرتے ہوئے انہیں پرشارتھی کہنا شروع کر دیا۔ لیکن کرپارام کو یہ نام بھی پسند نہیں تھا۔ وہ اس کا مفہوم سمجھنے سے قاصر تھا۔ یہ نام

اور الفاظ کیا اسے اپنی موجودہ زندگی تک سے کوئی اُنس نہیں تھا۔ وہ صرف کرپارام تھا۔ اور اسے اکثر اپنا ماضی یاد آتا تھا۔

سیانوالی ضلع کے ایک گاؤں کلورکوٹ میں اس کی دوکان تھی۔ قصبہ کی آبادی دو ڈھائی ہزار کے لگ بھگ تھی۔ چار پانچ گھر ہندوؤں کے تھے باقی سب مسلمانوں کے تھے۔ کرپارام کا کاروبار خوب چلتا تھا۔ گھر کے مکان اور مویشی تھے۔ دوکان کے علاوہ بج بیوپار تھا۔ وہ ٹھاٹھ سے رہتا تھا۔ یہ سارا کاروبار اُسے اپنے باپ دادا سے ورثے میں ملا تھا۔ اور وہ اُن کی دی ہوئی جائیداد میں اضافہ کر رہا تھا۔

گاؤں کے مرکز میں اس کا پکا مکان تھا جس میں متعدد کمرے تھے اور ایک تہ خانہ تھا جس میں وہ نقد روپیہ اور زیورات چھپا کر رکھتا تھا۔ زیورات شربتی کے نہیں گاؤں کی عورتوں کے تھے۔ لوگ انہیں اس کے پاس گروی رکھ جاتے تھے لیکن ایک بار اس تہ خانے میں پہنچ کر باہر کم نکلتے تھے۔ اپنے زیور اور قیمتی کپڑے رکھنے کے لیے شربتی کے پاس ایک آہنی صندوق تھا جو دو مضبوط تالوں سے مقفل رہتا تھا۔

کرپارام کے نزدیک شربتی بذات خود ایک ایسی شے تھی جسے روپے پیسے اور زیوروں کی طرح چھپا کر رکھنے کی ضرورت تھی۔ بلکہ روپے اور زیوروں سے کہیں زیادہ، کیونکہ اس کے ساتھ خاندان کی عزت منسوب تھی۔ اس لیے کرپارام نہایت مستعدی سے شربتی کی حفاظت کرتا۔ بس چلتے اس کی ہوا تک مکان سے باہر نہیں نکلنے دیتا تھا۔ کیا مجال غیر مرد کا سایہ تک اس پر پڑ جائے۔

جب تک گاؤں میں اسے اپنے مکان کے اندر رہنا نصیب تھا وہ شربتی کی یونہی حفاظت کرتا رہا۔ وہ اس کی بیوی تھی۔ اس کا کام خاوند کی خدمت کرنا تھا۔ جب سے وہ بیاہی آئی تھی کرپارام نے کبھی بھی اپنی دھوتی خود نہیں نچوڑی تھی۔ خانہ داری کا سب کام اُسے کرنا ہوتا تھا۔ کرپارام کا فرض اس کے کام کی داد دینا نہیں بلکہ اس میں نقص

نکال کر سو طرح برس پڑتا تھا۔

شربتی حسین تھی۔ درمیانہ قد شیڈول اور متناسب جسم، گول چہرہ، گورا رنگ اور موٹی موٹی آنکھیں، یہ اسے خود معلوم نہیں تھا کہ اس پر جوانی کب آئی کیونکہ چھوٹی عمر ہی میں اس کی شادی کرپارام سے ہوگئی تھی جسے کسی طرح بھی قبول صورت نہیں کہا جاسکتا تھا۔ کیونکہ اس کا جسم بھاری اور رنگ سیاہ تھا، چہرے پر چیچک کے داغ تھے اور ہونٹ موٹے تھے۔ اس کے علاوہ اسے دیکھنے سے یہ معلوم ہوتا تھا کہ جیسے اس کی کھال بھینسے کی طرح سخت اور کھردری ہو۔ اس کے اعضاء میں گھلاوٹ اوز ملائمیت کا نام تک نہیں تھا۔ روح تک بے حسی کے خول میں لپٹی ہوئی سی معلوم ہوتی تھی۔ اسے اپنی جائداد اور دھن دولت پر ناز تھا۔ اس کے بل بوتے پر وہ آسامیوں پر جبر کرتا تھا۔ اور خود شربتی پر جبر کرتا تھا۔ وہ اپنے کاروبار کو توسیع دے کر بہت بڑا سیٹھ بن جانا چاہتا تھا جس طرح ہر ایک کھاتے پیتے خوشحال مرد کے گھر میں بیوی ہوتی ہے۔ اس کے گھر میں بھی شربتی موجود تھی۔ اس سے زیادہ اس کی کوئی اہمیت نہیں۔ اس نے کبھی اس کی دلجوئی نہیں کی۔ اس کے حسن کی تعریف نہیں کی۔ اسے عورت بھی ماں باپ سے وراثت میں ملی تھی۔

لیکن جب ملک تقسیم ہوا تو اسے اپنا گاؤں چھوڑنا پڑا اور وہ جائداد بھی چھوڑنی پڑی جو اسے جان سے زیادہ عزیز تھی۔ بصد مشکل چند زیور اور کچھ روپیہ بچا کر لا سکا تھا۔ یا پھر شربتی اس کے ساتھ آگئی تھی۔ جگہ جگہ کی ٹھوکریں کھاتا ہوا وہ دہلی پہنچ گیا۔ اور آخر وہیں رہنے لگا۔

کچھ دن رفیوجی کیمپ میں گزارے۔ وہاں سرکار کی طرف سے راشن مفت ملتا تھا۔ اور کرایہ وغیرہ بھی نہیں دینا پڑتا تھا۔ اس لیے گانٹھ کا پیسہ محفوظ رہا۔ مگر وہاں ایک مصیبت تھی۔ اور یہ مصیبت اُسے اپنے اُجڑنے سے بھی زیادہ کھٹکتی تھی۔ یہاں

شربتی کو پردے میں رکھنے کا کوئی انتظام نہ تھا۔ ہر کس و ناکس کی نظر اس پر پڑتی تھی اور وہ بھی بے حیائی سے مڑ مڑ دوسروں کی طرف دیکھتی رہتی تھی، جیسے عجائب گھر میں آگئی ہو۔ جیسے اس نے جب سے پیدا ہوئی ہے لوگ نہ دیکھے ہوں۔

سامنے والے کیمپ میں شیخو پورہ کا جو ملکھراج رہتا تھا اسے دیکھ کر کرپارام بہت کڑھتا تھا۔ جی میں آتی تھی کہ اس پر کوئی الزام لگوا کر کیمپ سے نکلوا دے انڈیمان پہنچوا دے۔

ملکھراج کی مردانہ شبیہ جاذب نظر تھی۔ وہ تندرست اور خوبصورت تھا اور پچیس چھبیس سال کا نوجوان تھا، ہنس مکھ اور ملنسار واقع ہوا تھا۔ سب کے ساتھ گھل مل کے رہتا تھا۔ ہمدردی سے پیش آتا تھا دوسروں کا چھوٹا موٹا کام کر دینے میں بھی اسے کوئی دریغ نہ تھا کیمپ کے سب لوگ اس کی تعریف کرتے تھے۔ مرد، عورت اور بچے اس سے ہنس ہنس کر بولتے تھے لیکن کرپارام کو وہ چالاک اور حیلہ باز نظر آتا تھا۔ ورنہ کیا مطلب کہ وہ یوں عورتوں سے چھیڑ چھاڑ باتیں کرے اور ہنسے۔ جب وہ شربتی سے باتیں کرتا تو کرپارام کی چھاتی پر سانپ لوٹ جاتا۔ اور آگے سے شربتی کا مسکرانا تو بہت ہی ناگوار گزرتا۔ اس کے نزدیک یہ بے حیائی کی انتہا تھی۔ وہ اس حرکت کے لیے شربتی کو کئی مرتبہ سخت سست کہہ چکا تھا لیکن شربتی کو اس کی مطلق پروا نہ تھی۔ وہ اسے اکثر ملکھراج سے ہنستے اور باتیں کرتے دیکھتا تھا۔

ایک ملکھراج ہی کیا۔ وہ اُسے کس کس سے باتیں کرنے سے روکے۔ طرح طرح کے لوگ اکٹھے ہوئے تھے سبھی مل جل کے رہتے تھے۔ میدان میں کیمپ لگے ہوئے تھے۔ درمیان میں کوئی دیوار حائل نہیں تھی پھر ایک دوسرے سے دکھ سکھ کہنا ہوتا تھا۔ عام طور پر چوکے چولہے کی چیزوں کی بھی کمی تھی۔ جو کچھ برتن بھانڈے بچا کر لاسکے تھے انہیں عورتیں آپس میں لے دیکر استعمال کرتی تھیں۔ شہر کے لوگ ربط ضبط

بڑھانے میں خاص طور پر تیز واقع ہوئے تھے۔ بات کرتے ذرا نہیں جھجکتے تھے۔ بہن جی! تمہارے گھر والے کہاں ہیں؟ سب خیریت سے تو آ گئے؟ وغیرہ وغیرہ قسم کے سینکڑوں سوال پوچھتے اور جواب دینا ہی پڑتا۔ ان کی عورتیں بھی کتنی چونچال تھیں۔ پھرکی کی طرح اِدھر اُدھر گھومتی پھرتی تھیں۔ سر ننگے صرف بلاوز اور پیٹی کوٹ پہنے ہوئے کھلے بندوں سامنے نل پر کپڑے دھوتیں اور مردوں کی طرح صرف ایک کپڑا زیب تن کر کے نہانے لگتیں۔ مرد چاہے تو نگاہ نیچی کر لے۔ مگر ان کی نگاہیں ذرا نہ جھکتیں۔

کرپارام شرم کے مارے زمین میں گڑا جاتا تھا۔ اور چاہتا تھا کہ اس دلدل سے دُور بھاگ جائے۔ اس نے ہم کیمپوں سے بارہا شکایت کی تھی کہ عورتوں کو اس بے حیائی سے روکا جائے۔ یہ سب کچھ تہذیب کے خلاف ہے۔ ہم نے بڑوں کی مریادا چھوڑ دی ہے۔ تبھی تو یہاں تک پہنچے ہیں۔ لوگ اس کی باتوں پر مطلق دھیان نہ دیتے۔ لیکن وہ رٹ لگائے رکھتا، جس کو ذرا ہمدرد پاتا اسی کے پاس اپنا دکھ درد لے بیٹھتا۔ یہاں تک کہ جب رفیوجی ایکشن کمیٹی کے رضا کار یہ پرچار کرنے آتے کہ ہم کب تک یوں بیٹھے رہیں گے۔ حکومت سے مطالبہ کریں کہ وہ ہمیں بسانے کا اپنا وعدہ پورا کرے تو کرپارام انہیں بھی اپنی رام کہانی سنانے لگتا ـــــ اور تو سب کچھ پاکستان میں لٹا آئے ہیں ایک عزت بچی ہے وہ بھی محفوظ نہیں۔ کوئی اوٹ نہیں۔ پردہ نہیں۔ بہو بیٹیوں کی آنکھ کا پانی اُترتا جا رہا ہے۔

شربتی کو اس کی ہر وقت کی یہ کل کل اچھی نہیں لگتی تھی۔ وہ کئی مرتبہ اس سے اُلجھ پڑتی۔ اور تنگ کر کہتی ـــــ اور کسی کو تو اپنی بہو بیٹی کی فکر نہیں ایک صرف تمہاری ہی عزت لٹی جا رہی ہے۔ بڑے ایسے آئے ہیں کہیں کے، مجھ کو مکھی بنا کے ڈبی میں بند کر لو۔

اُسے شربتی کی یہ زبان درازی اچھی نہیں لگتی تھی۔ جب وہ گاؤں میں رہتا تھا تو

اسے کبھی منہ کھولنے کی جرأت نہ ہوئی تھی۔ مگر یہاں دوسروں کو کیا تماشہ دکھائے۔ جب کبھی آپس کی کہا سنی میں ذرا اونچا بولنے کی نوبت آئی تھی تو لوگوں نے شربتی کو لعنت ملامت کرنے کی جگہ خود اُسے برا بھلا کہا تھا۔ اور وہ خفیف سا ہو کر رہ گیا تھا۔

شربتی دن بدن بدلتی جا رہی تھی۔ دوسری عورتوں کی روش اپنا رہی تھی۔ پہلے پہل وہ مجبور ہو کر کسی غیر مرد سے بات کرتی تھی۔ لیکن اب بات کرنا اپنا حق سمجھتی تھی۔ پہلے وہ کسی کی نظر اپنی طرف اٹھتے دیکھ کر چھاتیوں پر نہایت احتیاط سے کپڑا ڈھک لیتی تھی۔ لیکن اب وہ سمجھتی تھی کہ کوئی دیکھتا ہے تو دیکھتا رہے۔ اس کا کیا چھین لے گا۔ نہ اس کا جسم شہد ہے اور نہ اس کی آنکھیں مکھیاں جو اسے چاٹ جائیں گی۔ وہ نگاہ کی ہوس کاریوں سے بھی بے نیاز ہو گئی تھی۔ اپنے آپ کو چھپا کر رکھنے کے بجائے اسے اپنے ماضی پر غصہ آتا تھا، کرپارام پر غصہ آتا تھا جو دروازے سے باہر جھانکنے تک سے منع کر دیتا تھا۔ وہ کیوں اس پر اپنی اجارہ داری جتاتا تھا؟ وہ جتنا ہی ان باتوں کو سوچتی تھی اتنا ہی اسے کرپارام کریہہ اور بدصورت نظر آتا — وہ یہاں تک سوچنے لگتی کہ اسے کیوں ناحق اس مرد سے باندھ دیا گیا؟

جب وہ دوسروں کے ساتھ بیٹھ کر فساد کی باتیں کرتا، مسلمانوں کے فرضی اور حقیقی مظالم بیان کرتا تو اسے وہ مظالم یاد آیا کرتے جو کرپارام اس پر ڈھایا کرتا تھا۔

کرپارام دوکان پر کام میں مصروف رہتا۔ اور وہ گھر میں تنہا بیٹھی تنگ آجاتی — گھر میں ساس نند یا چھوٹا بچہ تک نہیں تھا۔ جس سے باتیں کر کے دل بہلائے ایک دن وہ یونہی اُٹھ کر ڈیوڑھی کے دروازہ پر آ گئی اور کواڑ کے دراز میں سے گلی میں جھانکنے لگی۔ اچانک اس کھڑکی سے جو دوکان میں کھلتی تھی کرپارام اندر آ گیا۔ شربتی کو باہر جھانکتے دیکھ کر اس کے تن بدن میں آگ لگ گئی۔ وہ اسے چٹیا سے پکڑ کر گھسیٹتا ہوا اندر لے گیا اور فرش پر ٹپک کر ادھر اُدھر سے دو چار لاتیں جمادیں۔

اب اسے محسوس ہوتا کہ وہ یہ سب مظالم ناحق برداشت کرتی رہی ہے۔ اسی لیے اب کرپارام اگر ایک بات کہتا تو وہ چار سناتی۔ اور جس حرکت سے وہ ناراض ہوتا اسے بار بار دہراتی۔ ملکھراج سے باتیں کرنے میں اسے ایک گونہ تسکین حاصل ہوتی۔ وہ کرپارام کو دکھا دکھا کر اس سے بولتی اور مسکراتی تھی۔ اب اسے کیمپ کے کسی مرد سے بات کرتے جھجک محسوس نہیں ہوتی تھی۔

کرپارام نے جب دیکھا کہ شربتی ہاتھ سے نکلتی جا رہی ہے۔ سیدھی بات کہنے سے منہ نوچنے آتی ہے تو اس نے دل پر جبر کر کے کیمپ چھوڑ دیا۔ بڑی دوڑ دھوپ کے بعد اسے قرول باغ میں ایک کمرہ کرایہ پر مل گیا۔ اور وہ شربتی کو ساتھ لے کر اس میں رہنے لگا۔

لیکن اب روزی کی فکر سر پر سوار ہوئی دو چار روز ہی میں اسے معلوم ہو گیا کہ پہلے ہی یہ بات کیوں نہ سوچی۔ راشن بازار سے خریدنا پڑتا اور مکان کا بیس روپے ماہوار کرایہ بھی پیشگی دینا پڑتا تھا۔ اتنا کیا کم تھا کہ بنا پگڑی کے اسے یہ کمرہ تو مل گیا۔ جوں جوں دن گزرتے تھے فکر بڑھتی جاتی تھی۔ پہلے خیال تھا کہ سرکار کچھ مدد کرے گی۔ پاکستان میں وہ جو اتنی جائداد چھوڑ آیا ہے۔ اس کا کچھ معاوضہ ملے گا لیکن یہ سب کچھ نہ ہو سکا۔ اس نے اپنا کیس رجسٹرڈ کرا دیا تھا معاوضہ ملنے کی کچھ نہ کچھ امید بھی ضرور تھی۔ مگر جب تک کچھ نہیں ملتا اس وقت تک تو خرچ اسے ہی چلانا پڑے گا۔

کرپارام نے معاش کی تلاش شروع کی۔ جان پہچان کے کئی آدمیوں نے کام کا چھوٹا موٹا سلسلہ شروع کیا تھا۔ مثلاً لڑ نیدا رام نے لانڈری کی دوکان کھولی تھی اور لبھو کھتری نے حلوائی کی دوکان، وہ چاہتا تھا کہ ان میں سے کسی نہ کسی کے ساتھ سانجھا کرے۔ لیکن کوئی رضامند نہ ہوا۔ کام اتنا تھوڑا تھا کہ ان کے اپنے ٹکڑے مشکل سے چلتے تھے۔

آخر اُس نے جس خاندانی وقار کو اتنا عرصہ سنبھال کر رکھا تھا، خیر باد کہہ دیا۔ اور پھلوں کا خوانچہ لگانے کا فیصلہ کیا۔ وہ ایک روز صبح سویرے منڈی گیا۔ کیلے، سنگترے خرید لایا۔ اور بازار میں بیٹھ کر بیچنے لگا۔

اب کرپارام کے لیے یہ بالکل نیا کام تھا۔ اور یوں بھی بازار میں کیلے سنگترے بیچنے والوں کی کمی نہ تھی۔ ہزاروں مہاجرین دہلی میں آکر آباد ہوئے تھے۔ اُن میں سے اکثر چھوٹے چھوٹے دوکاندار یا خوانچہ فروش تھے۔ انہوں نے بہت پہلے یہ کام شروع کر دیا تھا اور ایسی جگہوں پر قبضہ کر لیا تھا جہاں پیٹ بھرنے لائق بکری ہو جاتی تھی۔

کرپارام ہزار کوشش کرنے کے باوجود آٹھ دس آنے روزانہ سے زیادہ نہ کما سکتا تھا۔ جس دن اسے سوا تیرہ آنے بچت ہوئی اس دن وہ بہت ہی زیادہ خوش ہوا اور رات گئے تک بیٹھا پیسے گنتا رہا۔ کئی بار گن چکا تھا۔ پھر بھی طبیعت نہیں بھرتی تھی۔ جی میں آتی کہ ساری رات گنتا ہی رہے۔ جیسے وہ سوا تیرہ آنے نہیں۔ سوا تیرہ ہزار روپے ہوں۔ گاؤں میں رہتے اس نے ایک دن میں کتنے ہی سوا تیرہ آنے کمائے تھے لیکن اسے اتنی خوشی کبھی نہیں ہوئی تھی۔

کبھی کبھار بکری کم ہوتی تھی اس لیے ایک دو آنے کا خسارہ رہتا تھا۔ ہاں پھل ضرور بچ جاتے تھے۔ ان میں کچھ خاص کر کیلے ایسے ہوتے تھے جنہیں دوسرے روز اُٹھا کر رکھنے میں خراب ہو جانے کا اندیشہ تھا۔ اس لیے کرپارام انہیں کھا لینے میں مصلحت سمجھتا۔ جتنے پھل کھاتا۔ اتنی اناج میں کفایت ہو جاتی۔ بعض مرتبہ میاں بیوی شام کو روٹی ہی نہیں پکاتے تھے۔

پھل کے طور پر پھل کھانا اچھی بات ہے۔ لیکن مجبور ہو کر روٹی کی جگہ پھل کھانے پڑیں تو آدمی کی طبیعت جلد اُچاٹ ہو جاتی ہے اس لیے کرپارام کو من مار کر پھل کھانے پڑتے۔ اور کئی مرتبہ ضرورت سے زیادہ کھانے پڑتے۔ جس کی وجہ سے بدہضمی کی

شکایت رہنے لگی۔لیکن اس نے پھل کھانا جاری رکھا اور بدہضمی بڑھتی گئی جو آخر پیچش بن گئی۔پھل بیچنا تو درکنار گھر سے باہر نکلنا مشکل ہو گیا۔

کرپارام مرتے مرتے بچا۔دو مہینے چارپائی پر پڑا رہا۔قریب ہی ایک وید کی دوکان تھی شربتی اسے بلا لاتی۔اور اس سے دوائی لے آتی دوائی کے علاوہ ضرورت کی دوسری چیزیں بھی اسے خود خرید کر لانا پڑتی تھیں۔کرپارام کو یہ پسند نہیں تھا کہ وہ بازار جائے اور دوکانوں پر گھومتی پھرے۔مگر کیا کرے بیماری کے ہاتھوں مجبور تھا۔اتنا کیا تھوڑا تھا کہ بیوی کی دوا دوش کے کارن جان بچ جائے۔

وہ بدستور چارپائی پر پڑا تھا۔مگر افاقہ ہو رہا تھا اس دوران میں اس کے اندر ایک تبدیلی واقع ہوئی تھی کہ اسے اپنا جسم کچھ ہلکا پھلکا معلوم ہونے لگا۔جیسے پیچش سے اندر کا میل ڈھل گیا ہو۔اب شربتی کو دیکھنے کا انداز ہ بھی بدل گیا تھا۔نگاہیں اکثر اس کے چہرے پر گڑی رہتی تھیں اور اس میں خاص جاذبیت تھی۔ملائمت اور ملاحت تھی۔اس کا لہجہ بھی پہلے کی طرح کرخت اور تحکم آمیز نہیں تھا۔اس میں نرمی اور متانت تھی۔وہ پیار سے بولتا تھا۔

شربتی نے بھی اس تبدیلی کو دیکھ لیا تھا۔اسے بھی اب کرپارام کو دیکھ کر کراہت نہیں ہوتی تھی۔تندی اور سختی سے پیش آنے کی بجائے وہ اس کی خدمت کرنا چاہتی تھی وہ جانتی تھی کہ اگر چہ بیماری دُور ہو گئی ہے لیکن کرپارام ابھی پندرہ بیس روز اور کوئی کام نہ کر سکے گا۔اس لیے وہ چاہتی تھی کہ خود کوئی کام کرے۔ایک روز بولی۔

''منگو اور بسنتی رضائیاں سینے جاتی ہیں۔میں بھی چلی جاؤں؟''

''تم ـــ تم مزدوری کرنے جاؤ گی؟'' کرپارام تجویز سن کر حیران رہ گیا۔

''جب سب جاتی ہیں تو مجھے کونسا سرخاب کا پر لگا ہوا ہے؟''

کرپارام چپ ہو گیا۔اپنی حالت اور گھر کی کیفیت کا دل ہی دل میں جائزہ

لیا۔ اور پھر دبی زبان میں کہا۔ ''کوئی سنے گا تو کیا کہے گا؟''

'' کہنے کو کون اپنا بیٹھا ہے۔ سبھی پردیسی ہیں''۔ شربتی نے جواب دیا۔ اور مزید کہا۔ ''پھر کہنے سننے کی بات ہی کہاں رہ گئی ہے جس سے جیسے بن پڑتا ہے۔ پیٹ کا دھندا چلا رہا ہے۔''

اُس دن سے شربتی رضائیاں سینے کا کام کر رہی تھی۔ شروع شروع میں وہ مزدور عورتوں سے کتراتی تھی۔ دوسری شرنارتھی عورتوں کے ساتھ ان سے ذرا فاصلہ پر بیٹھتی تھی۔ رفتہ رفتہ یہ تمیز مٹ گئی۔ وہ اُن سے ملنے جلنے اور باتیں کرنے لگی۔ ہم پیشہ کی ہم پیشہ سے نفرت کیا؟ وہ بھی تو محنت مزدوری کرتی ہیں۔ کوئی عیب تو نہیں کرتیں۔

کرپارام کی نگاہ اب اور بھی بدل گئی ہے۔ اسے شربتی کے چہرے پر ہمت اور استقلال کی جھلک دکھائی دیتی ہے۔ اس کے خدو خال ٹھوس اور مضبوط بنتے جا رہے ہیں۔ اگر کسی کارن ناراض ہو کر وہ اس کے ساتھ سختی سے پیش آنا بھی چاہے تو نہیں آسکتا۔ اور اس پر کسی قسم کا شک کرنا تو اسے خود اپنی حماقت نظر آتی ہے۔

●●●

باپ

وہ اپنے نو دس سال کے لڑکے کو سرِ بازار پیٹ رہا تھا اور گالیاں دے رہا تھا۔

حرامزادے میں تجھے کہاں کہاں ڈھونڈتا پھروں؟

وہ باپ تھا اسے اپنے بیٹے کو پیٹنے اور گالیاں دینے کا پورا پورا حق حاصل تھا لوگ سب کچھ دیکھتے ہوئے بھی چپ چاپ گزر رہے تھے۔ کوئی اس کا ہاتھ نہیں روکتا تھا کوئی، اس کے رویہ پر اعتراض نہیں کرتا تھا۔

اعتراض کرنے کی ضرورت ہی کیا تھی وہ باپ تھا اور باپ بیٹے کا دشمن تو نہیں ہوتا، پھر اس کا دماغ خراب نہیں تھا۔ وہ اس کے بھلے ہی کی بات کہہ رہا تھا، اُسے آوارہ بننے سے روک رہا تھا اور فہمائش کر رہا تھا کہ وہ اس کے کہے پر چلے اور شریفوں کے چلن سیکھے۔

لیکن کیلاش کو نہ جانے کیوں یہ سب کچھ ناگوار گزر رہا تھا، وہ سامنے کھڑکی میں بیٹھا لڑکے کو پٹتے دیکھ رہا تھا، اسے روتے چلاتے سن رہا تھا، اس کی چیخوں میں ایک دردناک فریاد پنہاں تھی جو اس کے دل میں اُتری جا رہی تھی۔ جی میں آتا تھا کہ لپک کر نیچے جائے اور باپ کا ہاتھ پکڑ کر کہے۔ راکشش! یہ کیا کر رہے ہو؟ تمہیں معلوم نہیں کہ تم بزرگی کے زعم میں بچے کی شخصیت کچل رہے ہو اسے پھلنے پھولنے سے روک رہے ہو۔

سالے، حرامزادے بولتا کیوں نہیں۔ بتا میں تجھے کہاں کہاں ڈھونڈتا پھروں باپ نے پھر تھپڑ مارا۔ پھر گالی دی۔

یہ اس کی دیرینہ عادت ہے، وہ اسے اکثر پیٹتا ہے اور جب پیٹنے پر آتا ہے تو خوب پیٹتا ہے اس کے کف آلود چہرے کی وحشت سے لڑکے کی بوٹی بوٹی کانپ اُٹھتی ہے جیسے کوئی بکرا قصائی کی چھری تلے تڑپ رہا ہو۔

باپ پیٹتا ہے بیٹا روتا ہے۔ اور دنیا تماشہ دیکھتی ہے جیسے دنیا کو تماشہ دکھانے کے لیے ہی یہ کھیل کھیلا جاتا ہو۔ باپ کی جس ہستی کو دوسروں نے نظرانداز کر رکھا ہے بھلا بیٹا کیوں اسے نظرانداز کرے وہ کیوں اس کا کہنا مانے؟

اسے باپ کا کہا ماننا ہوگا نہ مانے گا تو پٹے گا۔ دوسرا کیوں ٹانگ اڑائے؟

کیلاش کو یہاں آئے دو ماہ سے زیادہ عرصہ نہیں ہوا۔ وہ ابھی تک اپنے ماحول سے مانوس نہیں ہو سکا۔ ہر طرف نکبت اور افلاس کا دور دورہ ہے لوگ انڈے مچھلی بیچ کر یا اسی قسم کا کوئی اور دھندا کر کے پیٹ پالتے ہیں علاقہ بھر میں لگ بھگ ایسے ہی لوگ بھرے پڑے ہیں۔ اس علاقہ میں مغلیہ سلطنت کی شان وشوکت کے آثار قائم ہیں وہ اپنے کمرے میں بیٹھے بیٹھے جامع مسجد اور لال قلعہ دیکھ سکتا ہے۔

وہ اڑوس پڑوس کے لوگوں کو تو نہیں جانتا۔ مگر اس لڑکے اور اس کے باپ سے بخوبی واقف ہے۔ ان سے تو وہ پہلے ہی دن واقف ہو گیا تھا کیونکہ پہلے ہی دن باپ نے بیٹے کو پیٹا تھا۔ جیسے وہ انتقام لے رہا ہو۔ جیسے وہ بیٹے کو پیٹ کر اپنے غیر مطمئن جذبہ کو تسکین دے رہا ہو۔

کیوں پیٹتے ہو بیچارے کو؟ لڑکے کو روتا دیکھ کر کیلاش بولا۔

بیچارہ نہیں بدمعاش ہے سالا۔ باپ نے چڑ کر کہا۔ میں لاکھ سمجھاتا ہوں ایک نہیں سنتا۔

پھر بھی اس طرح تو نہیں پیٹا کرتے۔ تم نہیں جانتے اس مار پیٹ سے کیا نقصان ہوگا۔

میں سب جانتا ہوں۔ وہ تنک کر بولا۔ میں نے اسے پیدا کیا ہے میں اسے کھلاتا پلاتا ہوں۔ اگر پیٹتا ہوں تو اس کے بھلے ہی کے لیے پیٹتا ہوں، میں اس کا باپ ہوں، دشمن نہیں ہوں۔

اور پھر اس نے تین چار تھپڑ لگاتار رسید کیے اور موٹی موٹی منتخب گالیاں دیں——

کیلاش تلملا کر رہ گیا۔ اس نے انسانیت کے ناتے ایک بات کہی تھی جس کا باپ پر اُلٹا اثر ہوا۔ اُس نے ہاتھ روکنے کے بجائے بیٹے کو اور زیادہ پیٹا۔ کوئی دوسرا بھلا کیوں ٹانگ اڑائے۔ کیوں منع کرے؟ کیا وہ خود کچھ نہیں جانتا؟ اپنے بیٹے کے بھلے بُرے کو نہیں پہچانتا۔ کوئی غیر بھلا یہ کہنے کی جسارت کرے۔ تم نہیں جانتے کہ اس مار پیٹ سے کیا نقصان ہوگا۔ ہوا کرے نقصان وہ کس کا دخیل ہے۔؟

اس کے بعد کیلاش یہ منظر اکثر دیکھتا ہے۔ باپ پیٹتا ہے بیٹا روتا ہے اس کی چیخوں میں ایک دردناک فریاد پنہاں ہے لیکن کیلاش کو ٹوکنے کی ہمت نہیں پڑتی، چپ رہنے ہی میں مصلحت نظر آتی ہے۔

ہاں لڑکے کو پٹتے دیکھ کر اسے اپنا ماضی یاد آجاتا ہے جو لق ودق صحرا کی طرح حد نظر تک پھیلا ہوا ہے جس میں تپتی ہوئی ریت ہے گرم لوہے کی طرح، ہریالی کا کہیں نام ونشان تک نہیں۔ اس کا ماضی یکسر بے کیف اور ناخوشگوار ہے جس کی گرم لو حال اور مستقبل پر بھی اثر انداز ہو رہی ہے۔

کیلاش کا باپ بھی اُسے اسی بے رحمی سے پیٹا کرتا تھا۔ پیٹتا تھا اور چلانے نہیں دیتا تھا بس حیوانوں کی طرح چپ چاپ پٹتے جاؤ۔ نہ روؤ۔ نہ چلاؤ نہ فریاد کرو۔ معمولی سے معمولی قصور پر بھی روئی کی طرح دھنک کر رکھ دیتا تھا۔ جیسے اس کی روح کو قصور

کے ہر عنصر سے یکسر پاک کر دے گا۔ جیسے پیٹنے میں مزا آتا ہو۔

لڑکے کو پٹتے دیکھ کر کیلاش کو اپنی زندگی کے واقعات یاد آ جاتے تھے۔ اس وقت بھی اس کے ذہن میں ایک واقعہ اُبھر آیا تھا۔

وہ دوکان سے گھر جا رہا تھا باپ نے کسی کام سے بھیجا تھا، راستہ میں ہم عمر لڑکے آنکھ مچولی کھیل رہے تھے، وہ ان میں شامل ہو گیا۔ کھیل میں مشغول ہو کر بھول گیا کہ باپ نے اسے کسی کام سے بھیجا ہے۔

تھوڑی دیر بعد جب وہ آنکھیں بند کئے اپنی بیٹ دے رہا تھا کسی نے اسے اچانک آدبوچا اور پٹائی شروع ہو گئی۔

باپ انتظار کرتے کرتے جھنجھلا اُٹھا تھا اور اب خود گھر جا رہا تھا۔ کیلاش کو کھیلتے دیکھ کر اس پر پل پڑا۔ اسے اس قدر غصہ آیا تھا کہ جی میں آتی تھی کہ ایسے ناخلف بیٹے کی کھال اُتار دے۔ یہ کیا کہ باپ تو ادھر کڑھ کڑھ کر خون سکھا رہا ہے اور ادھر بیٹا مست ہو کر کھیل رہا ہے۔

چنانچہ وہ بیٹے کو تڑاتڑ پیٹ رہا تھا اور کہہ رہا تھا۔ حرامزادے تجھے کھانا یاد رہتا ہے کام کیوں یاد نہیں رہتا؟

کیلاش رونے لگا تو باپ نے چپ کہہ کر منع کیا مگر اسے چپ نہ ہوتے دیکھ کر باپ کا غصہ اور بھی تیز ہو گیا...... انتہا پر جا پہنچا۔ اب چپ کرانا ہی پٹنے کا مقصد بن گیا۔ کیلاش کو کسی طرح رونے سے باز نہ آتے دیکھ کر باپ نے اسے مٹی کے ایک ڈھیر پر گرا لیا اور پھر منہ میں ڈھیلا ٹھونس کر اُبھری ہوئی گال پر گھونسا جمایا۔ رو اور رو میں دیکھتا ہوں تو کیسے روتا ہے؟ باپ پیٹتا اور کیلاش بلبلاتا رہا......

لڑکوں کے علاوہ لوگ بھی جمع ہو گئے سب نے کیلاش کو پٹتا دیکھ کر کانوں پر ہاتھ دھر لیے۔ پیٹنے کو بھی اپنے لڑکوں کو پیٹتے تھے مگر اس قدر کوئی نہیں پیٹتا تھا۔ محلہ میں کئی

روز تک اس پٹائی کا چرچا رہا۔ کیلاش کا بڑا بھائی کندن لال موقع پر موجود نہیں تھا ساری بات سن کر اُس نے کہا۔ یہ باپ تھوڑی ہے قصائی ہے۔

اس کے لہجہ میں ترشی یا ناراضگی کو دخل نہیں تھا۔ لیکن اس کے چہرے پر جو کیفیت نمایاں ہوئی تھی وہ کیلاش کو اب تک یاد ہے۔ بھائی کی وہ شکل اسے کبھی نہیں بھولتی نہ وہ الفاظ بھولتے ہیں۔ بھائی نے برسوں کا تجربہ نہایت اختصار سے بیان کیا تھا۔ یہ الفاظ نہیں تھے درد و کرب کی طویل داستان تھی۔

کندن لال اب جوان ہو چکا تھا، اس لیے باپ اسے نہیں پیٹتا تھا۔ پیٹنا چاہے تو بھی نہیں پیٹ سکتا تھا۔ دل ہی دل میں اینٹھ کر رہ جاتا تھا کیونکہ دو اڑھائی سال پہلے جب کندن لال نے لڑکپن سے گزر کر جوانی کی دہلیز پر قدم رکھا تھا تو باپ کسی معمولی سی بات پر ناراض ہو گیا۔ لیکن کندن لال پٹنے کو تیار نہیں تھا۔ وہ نوجوان دوستوں کے ساتھ گھوم کر لوٹا تھا، اسے دوکان پر پہنچنے میں دیر ہو گئی۔ وہ اس دیر کے باعث کئی مرتبہ پٹ چکا تھا۔ لیکن آج اس کے تیور بدلے ہوئے تھے۔ باپ کا ہاتھ اُٹھتے ہی مقابلہ کے لیے تیار ہو گیا۔ قریب ہی حقہ پڑا تھا لپک کر نیچا نکال لیا اور بپھر کر بولا۔

ہاں مار دیکھوں تو کیسے مارتا ہے؟

دونوں وقت مل رہے تھے۔ دن رات میں تبدیل ہو رہا تھا بیٹے کو بپھرا ہوا دیکھ کر باپ نے ہاتھ روک لیا۔ اس کے سامنے ایک نیا کندن لال کھڑا تھا۔

کیلاش بھی اس وقت دوکان پر موجود تھا، باپ کا ہاتھ اُٹھتا دیکھ کر وہ خوف سے لرز گیا۔ جب کندن لال مقابلہ پر ڈٹ گیا تو اس کی ہمدردی بھائی کے ساتھ تھی۔ باپ کو پسپا ہوتے دیکھ کر وہ خوش ہوا جیسے اس کے اپنے سر سے کوئی مصیبت ٹل گئی ہو، جیسے اس نے خود کوئی مورچہ سر کیا ہو۔

اس کے بعد باپ نے کندن لال کو کبھی نہیں پیٹا۔ پیٹنے کی ہمت ہی نہیں ہوئی

لیکن کیلاش کا یہ خیال درست ثابت نہیں ہوا کہ باپ اب اسے بھی کبھی نہیں پیٹے گا جہاں تک اس کے پٹنے کا تعلق تھا باپ اُسے پہلے سے بھی زیادہ پیٹتا تھا کیونکہ جو غصہ وہ پہلے کندن لال پر اُتار لیتا تھا، اب وہ بھی کیلاش پر ہی اُترتا تھا۔

اس کا ایک منجھلا بھائی روشن لال بھی تھا جو دس گیارہ سال کی عمر میں ننہال چلا گیا تھا۔ دو تین سال وہیں رہا پھر گھر لوٹنے کی بجائے ماموں کے ساتھ شہر چلا گیا اور ایک پنساری کی دوکان پر ملازم ہو گیا۔

کیلاش اور منجھلے بھائی میں پٹتی نہیں تھی کیونکہ بڑا بھائی منجھلے بھائی کو اور منجھلا بھائی کیلاش کو پیٹا کرتا تھا اس لیے منجھلا بھائی کا گھر سے دور رہنا کیلاش کے لیے نیک فال تھا۔ باپ کو بھی مطلق پروا نہیں تھی البتہ ماں کو اس بات کا قلق رہتا تھا۔ وہ پتی کے ظلم سے تنگ آ کر اکثر طعنہ دیتی تھی۔ تمہیں ذرا حیا نہیں آتی۔ کوئی اپنے بچوں کو ایسے بھی مارتا ہے ایک تو گھر سے نکال دیا۔ اس ذرا سی عمر میں دوسروں کی نوکری کر رہا ہے۔

باپ چڑ کر جلی کٹی سناتا اور کبھی کبھی اسے بھی پیٹ ڈالتا۔

ماں کے طعنے سن سن کر کیلاش کو معلوم ہو گیا کہ دوسروں کی نوکری کرنا برا ہے لیکن باپ کی مار سے تو برا نہیں ہوگا، ورنہ روشن لال ضرور گھر لوٹ آتا اس لیے جب کبھی اسے مار پڑتی تھی وہ تنہائی میں بیٹھ کر رویا کرتا تھا اور سوچا کرتا تھا کہ بھاگ کر شہر چلا جائے اور کسی کی نوکری کر لے لیکن جب تک پروں میں پرواز کی سکت نہ ہو پنچھی گھونسلے کو چھوڑ نہیں سکتا۔

دونوں بڑے بھائی باپ کی گرفت سے باہر نکل چکے تھے ایک کیلاش رہ گیا تھا جسے پیٹ کر باپ دل کا بوجھ ہلکا کیا کرتا تھا۔ عمر گو چھوٹی تھی، پھر بھی وہ بھی اس وحشت سے بچنے کی ترکیبیں سوچا کرتا تھا۔ اڑنے کی ہمت نہیں تھی اس لیے بڑے بھائی کا نسخہ آزمانے کا قصد کیا۔

باپ بیکار رہتا اور چوپال میں بیٹھ کر باتیں کرنا پسند کرتا تھا۔ کام سر پر آپڑے تو چیخ چلا کر مشکل سے کرتا تھا۔ کندن لال تین دن سے باہر گیا ہوا تھا۔ باپ جانوروں کو کنویں پر پانی پلایا کرتا تھا اور کیلاش اس کا ہاتھ بٹاتا تھا۔ دو روز خیر و عافیت سے گزر گیے۔ تیسرے روز باپ تھک گیا۔ پانی کھینچتے کھینچتے سانس پھول گئی۔ چنانچہ وہ جھنجھلا کر بولا۔ سالوں کا ذرا سکھ نہیں۔ اس عمر میں بھی آپ ہی مرنا پڑتا ہے۔

بھینس پانی پی رہی تھی۔ تسلے کا پانی ختم ہو گیا تھا، کیلاش کو ساکت وصامت کھڑے دیکھ کر وہ چلایا۔ دیکھتا نہیں اندھا ہے۔ پانی کیوں نہیں ڈالتا تسلے میں؟

کیلاش نے ہڑبڑا کر ڈول اُٹھایا، اس کا ہاتھ کانپ گیا اور پانی تسلے میں پڑنے کی جگہ زمین پر بکھر گیا۔

باپ کو طیش آنا لازمی تھا وہ پہلے ہی تھک گیا تھا۔ اب پانی اور کھینچنا پڑے گا اس مصیبت کے لیے ذمہ دار تھا کیلاش۔ باپ اس پر لپکا اس کے دل میں کئی روز سے باغی خیالات پرورش پا رہے تھے، اس نے لپک کر ڈول کی رسی اٹھالی اور مقابلہ پر ڈٹ گیا۔

حرمزادے! مقابلہ کرتا ہے ابھی سے۔ باپ نے اسے گردن سے پکڑ کر جگت پر گرالیا اور تابڑ توڑ پیٹنا شروع کیا۔ کیلاش چپ چاپ پٹ رہا تھا وہ آج رونا بھی نہیں چاہتا تھا کیونکہ اس نے جوانمردی سے مقابلہ کیا تھا اور ہلے جلے تو کنویں میں گرنے کا اندیشہ تھا اس لیے پڑا پٹتا رہا جب مار پڑنا بند ہوئی تو اس کی بوٹی بوٹی درد کر رہی تھی اور ناک سے خون بہہ رہا تھا۔

اور ستم یہ کہ کسی نے اس کے ساتھ ہمدردی کا اظہار تک نہیں کیا، جو سنتا تھا اسی کو لعنت بھیجتا تھا۔ نالائق ہے۔ پاجی ہے گدھا ہے۔ باپ کا مقابلہ کرتا ہے۔

جب کبھی اسے یہ واقعہ یاد آجاتا ہے تو وہ سوچنے لگتا ہے کہ کیا وہ واقعی پاگل پن تھا۔ کیا اسے باپ کا مقابلہ نہیں کرنا چاہیے تھا۔

لاکھ مرتبہ سوچنے پر بھی اسے اپنے اس فعل میں کوئی برائی نظر نہیں آتی۔ اُلٹا اسے ان لوگوں پر غصہ آتا ہے جنہوں نے اس فعل کی مذمت کی تھی۔ وہ انہیں دقیانوسی اور قدامت پسند کہہ کر نظر انداز کر دیتا ہے اور بڑے بھائی کندن لال کی بات سوچنے لگتا ہے۔ اس نے بھی اور لوگوں کی طرح اس فعل کی مذمت کی تھی۔ یہ کیوں؟ شاید اس لیے کہ وہ ابھی مقابلہ کے اہل نہیں تھا، مار سے بچنے کی جگہ زیادہ پٹ گیا تھا۔ کیلاش سوچتا رہتا ہے کہ ناکام اور قبل از وقت کوشش کو دنیا پاگل پن سے موسوم کرتی ہے لیکن...... لیکن آدمی ہر کام سمجھ سوچ کر ہی تو نہیں کرتا حالات اسے نامناسب اور قبل از وقت رویہ اختیار کرنے پر مجبور کر دیتے ہیں۔

آخر اسے یہ سوچ کر تسکین ہوتی ہے کہ پٹ گیا تو کیا ہوا ظلم کے خلاف احتجاج تو کیا تھا۔

اور ظلم کے خلاف احتجاج کرنا، اس کی عادت بن چکی ہے کسی پر جبر ہوتے دیکھ کر اس کی روح کانپ اُٹھتی ہے۔ اُس لڑکے کو پٹتے دیکھ کر بھی کیلاش کی روح چیخ اٹھی تھی۔ اس نے باپ سے کہا تھا تم نہیں جانتے کہ اس سے کیا نقصان ہوگا۔؟

لیکن باپ پر کچھ اثر نہیں ہوا تھا اس نے بیٹے کو اور زیادہ مارا تھا اور پیٹنا بدستور جاری ہے۔ ذرا بہانہ چاہیے جھٹ مارنے پر آمادہ ہو جاتا ہے جیسے بیٹے کو پیٹنا کوئی عزت اور فخر کی بات ہو۔

جب باپ بیٹے کو پیٹتا ہے تو کیلاش اس طرف سے بے نیاز ہو کر سامنے میدان کی طرف دیکھنے لگتا ہے۔ جس مکان میں وہ رہتا ہے اس کے نیچے سڑک ہے، سڑک کے اس پار میدان ہے جس میں لوگ صبح و شام چہل قدمی کیا کرتے ہیں باقی دن رات پڑا اونگھتا رہتا ہے۔ بنجر اور سنسان ہے صرف چند ایک درخت اُگ آئے ہیں۔ سڑک کے کنارے جو درخت ہیں ان میں ایک پیپل کا درخت ہے جو گھنا اور پھیلا ہوا ہے۔

اس کے قریب شیشم کا درخت ہے جو بائیں طرف کو جھک گیا ہے ٹہنیوں کی نشو ونما غیر متناسب ہے دائیں جانب جدھر پیپل کا درخت ہے ،کوئی ٹہنی پھوٹ نہیں پائی یہ درخت ادھورا ادھورا اور یتیم سا نظر آتا ہے۔

میدان کے مرکز میں ایک جامن کا پیڑ ہے اس کے ٹہنے چاروں طرف چھتری کی طرح پھیلے ہوئے ہیں۔ سیدھا اور بلند کھڑا ہے کہیں خم کا نام تک نہیں۔ الگ اور تنہا ہونے کے باوجود خوشنما اور دلکش معلوم ہوتا ہے جیسے میدان کی پنہائیوں پر مسکرا رہا ہو جیسے اپنے چھتنار پھیلاؤ پر آپ ہی آپ خوش ہو رہا ہو۔ جیسے درخت کو بھی اپنی شخصیت کا احساس ہو۔

میدان کے دوسرے کنارے پر بھی درخت ہیں ان سے پرے پھر سڑک ہے۔ میدان ہے اور پھر لال قلعہ نظر آتا ہے۔ لال قلعہ جسے شاہ جہاں نے بنوایا تھا نظر پڑتے ہی کیلاش کا ذہن تاریخ کی ورق گردانی کرنے لگتا ہے واقعی یہ قلعہ شاہ جہاں نے بنوایا تھا، شاہ جہاں جسے اورنگ زیب اس کے اپنے ہی بیٹے نے قید کر لیا تھا۔

کیلاش کا بوجھل سر کرسی کی پشت پر جا ٹکتا ہے۔ سوچتے سوچتے ماضی کے دھندلکوں میں کھو جاتا ہے۔ تصور کی ایک جست اسے اس دور میں لیجاتی ہے جہاں سے خاندان کی ابتدا ہوتی ہے اور جہاں موٹے موٹے ہونٹوں والا ایک بزرگ اس خاندان مغلیہ پر حکومت کر رہا ہوتا ہے، وہ بیٹوں کو اس وقت تک اسکنے نہیں دیتا جب تک کہ وہ اپنی جوان ہمت سے اس کی بوڑھی اور ظالم طاقت کو کچل نہیں دیتے۔

ظلم اور طاقت کا یہ مظاہرہ اب تک ہر دور میں ہوتا آیا ہے تاریخ کا ایک دور دوسرے دور سے وابستہ ہے۔ جہانگیر شاہ جہاں، اور اورنگ زیب نے وہی کچھ کیا تھا جو انہیں روایات سے ورثہ میں ملا تھا۔ اس نے بھی وہی کچھ کیا تھا۔ یہ لڑکا بھی وہی کچھ کرے گا۔ وہ ضرور وحشی باپ کے خلاف لڑنے پر آمادہ ہوگا۔

کیلاش جس واقعہ سے بے نیاز ہو جانا چاہتا تھا، ذہن دراصل اسی میں الجھا ہوا تھا۔ اس سے گریز ممکن نہیں تھا چنانچہ وہ لڑکے کو پٹتے ہوئے دیکھ رہا تھا اور سوچ رہا تھا کہ یہ لڑکا ایک دن ظلم کے خلاف لڑے گا۔ باپ سے ان تمام گالیوں اور گھونسوں کا انتقام لے گا۔ شاید لڑنے کی نوبت ہی نہ آئے۔ لڑکا جوان ہونے سے پہلے ہی گھر سے بھاگ کھڑا ہو۔ اور پھر ساری عمر کسی دوسری جگہ گزار دے باپ کے سایہ سے دُور۔

اس کے ذہن نے پھر ماضی کی طرف پلٹا کھایا۔ وہ خود بہت چھوٹی عمر میں گھر سے بھاگ گیا تھا۔ ناموافق حالات سے لڑ جھگڑ کر آوارگی میں زندگی بسر کی، طرح طرح کی مصیبتیں جھیلیں۔...... فاقے سہے۔...... لوگوں کی حقارت آمیز نگاہیں دل میں چبھ کر رہ گئیں۔ یہ سب کچھ ہوتے ہوئے بھی گھر سے دُور رہنا ہی بہتر جانا۔ وہ روح کی حفاظت کے لیے کانٹوں پر سوتا رہا۔

اس آوارگی کے زمانہ میں اس نے باپ کے انتقال کی خبر سنی تو اُسے ذرا بھی ملال نہیں ہوا۔ ماتم کے لیے گھر گیا ضرور لیکن وہاں بھی آنکھ سے آنسو تک نہیں بہایا۔

بیوہ ماں کو اب تک اس بات کا رنج ہے کہ کیلاش باپ کی موت پر رویا کیوں نہیں اور وہ شکایت کے طور پر اکثر کہہ دیتی ہے جو باپ کی موت پر نہیں رویا وہ مجھے کیا روئے گا۔

کیوں روئیں ماں ہم نے کیا سکھ دیکھا ہے کسی کا۔ کیلاش جواب دیتا ہے اور ماضی کی یاد سے اس کا چہرہ سخت پڑ جاتا ہے۔

یہ تلخ حقیقت ہے جسے ماں بھی تسلیم کرتی ہے لیکن اسے یہ گوارا نہیں کہ بیٹے ماں باپ کا احسان بالکل ہی بھول جائیں۔ برملا کہے کہ کسی نے ان کے لیے کچھ کیا ہی نہیں چنانچہ وہ رقت آمیز لہجے میں خاوند کے لیے صفائی پیش کرتی ہے۔ بیٹا سکھ دکھ تو قسمت کی بات ہے۔ اس کا کیا دوش تھا۔ جب ہاتھ میں ہوتا تھا تو تمہیں ہی کھلا کر خوش ہوتا

تھا، کہیں باہر تو پھینک نہیں آتا تھا۔

ماں کی یہ دلیل سن کر کیلاش کا دل پسیج جاتا ہے اور اس کا سخت چہرہ ملائم پڑنے لگتا ہے۔

وہ باپ سے پٹتا ضرور تھا اس کے باوجود اس کے دل میں باپ کے لیے احترام موجود ہے کیونکہ وہ اس کی مجبوریوں سے واقف ہے، وہ جانتا ہے کہ باپ انہیں خوش باش اور خوش پوش دیکھنا چاہتا تھا لیکن اس کے ارمان تشنۂ تکمیل ہی رہتے تھے۔ اسے تمام عمر ناکامیوں سے دوچار ہونا پڑا تھا۔ زندگی تلخیوں سے بھر گئی تھی۔ وہ بیٹوں کو مار پیٹ کر ان تلخیوں کو بھلانا چاہتا تھا وہ اپنے اس رویہ پر اکثر پچھتایا بھی کرتا تھا وہ ایک انسان تھا جسے حالات نے کچل رکھا تھا۔

کیلاش ہر چند کوشش کرتا ہے کہ باپ کی وحشت کو...... اپنے بے کیف بچپن کو ...... ایام ماضی کو یکسر بھول جائے۔ وہ اس لڑکے کے باپ پر بھی ناراض ہونا نہیں چاہتا۔ وہ بھی تو ایک لاچار انسان ہے اسی لیے وہ لڑکے کا رونا سننے کی جگہ میدان کی طرف درختوں اور قلعے کی طرف دیکھنا پسند کرتا ہے ماحول سے بے نیاز ہو جانے کی کوشش کرتا ہے۔

باپ بیٹے کو پیٹتا ہے اور وہ چپ چاپ میدان کی طرف دیکھتا رہتا ہے۔ لیکن آج...... آج پھر اُسے باپ کا بیٹے کا پیٹنا ناگوار گزر رہا تھا۔ اس سے یہ جبر دیکھے نہیں بنتا تھا۔ وہ عجیب ذہنی خلفشار میں مبتلا تھا، باپ کو پیٹتے اور بیٹے کو روتے دیکھ کر جھنجھلا اٹھا تھا۔

ہوں! ہوں! کیا کر رہے ہو؟ وہ خود بخود چلایا۔ اس کی آواز کسی نے سنی نہیں۔ ریزہ ریزہ ہو کر فضا میں بکھر گئی، ہوا میں اُڑنے والے ذرات کی طرح بے حقیقت ہو کر رہ گئی۔

لیکن وہ جھنجھلاتا رہا۔ غصے سے دانت کٹ کٹاتا رہا۔ آج وہ ماحول سے بے نیاز ہو کر درختوں کی طرف نہیں دیکھ سکتا۔ آج اُسے لڑکے کے باپ پر غصہ آرہا ہے، وہ اس کی مجبوریوں کے لیے بھی اسے معاف نہیں کر سکتا۔ ایک باپ کو کیا حق ہے کہ اپنے کسی غیر مطمئن جذبہ کو تسکین دینے کے لیے بیٹے کی زندگی تباہ کر دے؟ اس کی شخصیت کی نوخیز شگفتہ کلی کو بے رحمی سے کچل ڈالے؟

اس غصہ کی وجہ یہ تھی کہ وہ کل ڈاکٹر عباس کے ہمراہ دہلی سے چھ سات میل کے فاصلے پر ایک نئی طرز کا اسکول دیکھنے گیا تھا۔ عباس کا تیرہ چودہ سال کا لڑکا سہیل بھی وہیں تعلیم پاتا ہے۔ سہیل بہت ہی اچھا لڑکا ہے۔ ذہین اور خوش گفتار ہے۔ ڈاکٹر سے ڈاکٹر کے دوستوں سے اپنے ماسٹروں سے بڑے تپاک سے ملتا ہے، ہنس ہنس کر ہاتھ ملاتا ہے، چڑیا کی طرح چہک چہک کر باتیں کرتا ہے۔

سہیل نے کیلاش کو اسکول دکھایا۔ یہ لائبریری ہے۔ آپ ہیں ماسٹر عثمان اس لائبریری کے انچارج۔ آیئے عثمان صاحب آپ سے ملاقات کیجئے...... اور وہ آگے بڑھے۔ دیکھیے یہ بچوں کا میگزین ہے تمام مضامین بچے خود لکھتے ہیں اور خود ہی انہیں ترتیب دیتے ہیں۔

سہیل ایک ایک کر کے سب چیزیں دکھا رہا تھا اور ان کے متعلق واقفیت پہنچا رہا تھا۔ کیلاش دیکھ رہا تھا اور اس کے سلیقے اور ذہانت کی دل ہی دل میں داد دے رہا تھا۔ ننھا گائڈ کس قدر سنجیدہ اور سلجھی ہوئی باتیں کرتا ہے۔

اکرم صاحب۔ سہیل نے راستہ میں ایک نوجوان کو پکارا وہ ٹھہر گیا۔ تو سہیل بولا۔ عباس آئے ہیں۔ ان سے نہ ملیے گا۔

کہاں ہیں۔

وہاں بیٹھے ہیں ہیڈ ماسٹر کے پاس۔

اکرم چلا گیا تو سہیل نے بتایا کہ وہ ان کا سائنس کا ٹیچر ہے۔

جب ڈاکٹر اور کیلاش موٹر سے اُترے تھے تو سہیل نے چھوٹتے ہی پوچھا تھا۔

عباس میری وہ کتابیں نہیں لائے؟

بیٹے کی زبان سے باپ کا نام سن کر کیلاش دنگ رہ گیا، اس کے لیے یہ بالکل نئی اور عجیب بات تھی کیونکہ اس کے ذہن پر ماتری مان۔ پتری مان اور اچار یہ مان، کا اپدیش منقش تھا وہ روایات کے بدنما نقوش ایک عرصہ سے تندہی اور مستعدی کے ساتھ مٹاتا چلا آرہا تھا، کوشش کے باوجود وہ ذہن کے کسی نہ کسی کونے میں چپکے رہ جاتے تھے۔

سہیل جب باپ کو عباس کہتا تھا تو اسے ذرا بھی جھجک محسوس نہیں ہوتی تھی۔ اس کی کسی بھی بات میں جھجک کو دخل نہیں تھا وہ بہت ہی بے تکلف لڑکا تھا اس کے طور اطوار میں ایک حسن تھا۔ ایک جاذبیت تھی باپ کا نام لیتے ہوئے تو وہ بہت ہی بھلا اور معصوم نظر آتا تھا، باپ اس کے لیے ہوا یا عجیب المخلوق ہستی نہیں۔ ایک انسان تھا۔ مونس، ہمدم اور دوست۔

جب وہ لوٹ رہے تھے تو کیلاش اس اسکول کی بابت سوچ رہا تھا سہیل کے لڑکپن کا موازنہ اپنے بچپن سے کر رہا تھا۔ اس کے دل میں طرح طرح کے خیالات امڈ رہے تھے۔ ان کے متعلق ڈاکٹر سے بات چیت کرنا چاہتا تھا لیکن ڈاکٹر کو ان سے کوئی دلچسپی نہ ہوگی یہ سوچ کر چپ رہ جاتا تھا لیکن ایک خاص لمحہ پر اس سے نہ رہا گیا بولا۔

ڈاکٹر صاحب! جی میں آتا ہے کہ اس زندگی کو ڈھا کر از سر نو پھر بناؤں۔

ایسا سوچ ہی سکتے ہو، کر تو نہیں سکتے۔ ڈاکٹر نے جواب دیا۔

واقعی وہ محض سوچ ہی سکتا تھا۔ ماضی کے اثرات کو زندگی سے خارج کر دینا اس کے بس کا روگ نہیں تھا۔

اب بھی وہ کھڑکی میں بیٹھا یہ سب باتیں سوچ رہا تھا۔ وہ اپنے بچپن کا سہیل کے بچپن سے موازنہ کرر ہا تھا۔ سہیل کس قدر توانا شخصیت اور تندرست کردار کا مالک بنے گا؟ اس کی شخصیت مضبوط بنیادوں پر استوار ہو رہی ہے مگر وہ......وہ خود؟ خود اس نے تجربہ سے بہت کچھ سیکھا ہے۔ زندگی کو ہر لمحہ بہتر بنانے کی کوشش کرر ہا ہے۔ مستقبل کامیابیوں اور خوشگوار خوابوں اور امیدوں سے بھرپور نظر آتا ہے لیکن ماضی...... ماضی نا خوشگوار ہے، بچپن سے روح میں جو خم پڑ گئے ہیں وہ صاف نظر آر ہے تھے، اس پر وہی کل والی کیفیت طاری تھی، اسے اپنی بات اور ڈاکٹر کا جواب یاد آر ہا تھا۔ سوچ ہی سکتے ہو؟ کر تو نہیں سکتے۔

ٹھیک اسی وقت باپ نے بیٹے کو پیٹنا شروع کیا۔ باپ پیٹ رہا تھا اور بیٹا رو رہا تھا۔ کیلاش کے جی میں آئی کہ دوڑ کر نیچے اُترے اور باپ کا ہاتھ روک لے۔ لیکن... لیکن اسے نیچے اترنے کی ہمت نہیں پڑی۔ کیونکہ وہ جانتا تھا کہ روکنے کا......منع کرنے کا......الٹا اثر ہوگا۔ باپ غصے میں آکر اسے اور زیادہ پیٹے گا۔

●●●

بگلا بھگتی

میرا پڑوسی بھگت رام جتنا ہٹا کٹا ہے اتنا ہی دلچسپ بھی۔ بڑا ہی ظریف الطبع واقع ہوا ہے، جہاں اسے بات کرنے کا سلیقہ ہے وہاں بات کرنے کے لیے بے تاب بھی رہتا ہے۔ وہ مزدور قسم کا آدمی ہے ریڑھا چلانے کا کام کرتا ہے۔ دن بھر میں جو چھوٹے چھوٹے واقعات اس کی آنکھوں کے سامنے سے گزرتے ہیں۔ انہیں وہ نمک مرچ لگا کر اور بڑھا چڑھا کر بیان کر دیتا ہے۔ اس میں شک نہیں کہ اس کے انداز بیان میں ایسی فرحت اور تازگی ہوتی ہے کہ اس کی باتیں سن کر میں دفتر کی ساری تکان بھول جاتا ہوں، اپنے اندر توانائی اور زندگی محسوس کرنے لگتا ہوں۔ پھر بھی میں کبھی کبھی ازراہ تمسخر پوچھ لیتا ہوں۔

''بھگت رام تم یہ بات کا بتنگڑ کیسے بنا دیتے ہو؟''

وہ اسے اپنی تعریف سمجھ کر نہایت سادگی سے جواب دیتا ہے۔''بات اور لسی کا بڑھانا تو کچھ بھی مشکل نہیں۔ اپنی تو صرف یہی خوبی ہے کہ بات کہنے کا ڈھنگ آتا ہے۔''

پہلے روز اس کا یہ جواب سن کر میں بے ساختہ ہنس پڑا تھا کہ اُس نے لڑائی اور لسی کے عوامی محاورے کو اپنی تائید میں بات اور لسی بنا لیا ہے اور بات کرنے کے ڈھنگ پر

خود ہی فخر بھی کرتا ہے۔ لیکن ایک پڑوسی کے ناطے میں اسے اچھی طرح جانتا ہوں۔ وہ محنت مزدوری کر کے اپنی بیوی بچوں کا پیٹ پالتا ہے اور اپنے ہمسایوں سے نہایت ہمدردی اور خلوص سے پیش آتا ہے، وہ ایک نیک انسان ہے اور ہر طرح عزت اور احترام کے قابل ہے۔ میں اس کی باتیں بھی عزت اور احترام سے سنتا ہوں۔ وہ ذرا سی بات کو من مانا طول دینے کا عادی ضرور ہے لیکن طول کا مقصد سامعین کے لیے سامان ظرافت بہم پہنچانے کے سوا اور کچھ نہیں ہوتا اور اگر کہیں واقعہ بھی مزاحیہ ہو تو پھر کیا کہنے، سونے پر سہاگہ ہو جاتا ہے، بھگت رام کے جوہر خوب کھلتے۔

بھگت رام کو ذاتی طور پر نہ کسی سے کوئی پرخاش ہے نہ چڑھ۔ وہ راج نیتی سے واقف ہے اور نہ دھرم کے اصولوں سے۔ اُسے اپنے کام کی بدولت سینکڑوں آدمیوں سے ہر روز واسطہ پڑتا ہے وہ زمانہ کے رجحان کو اچھی طرح پہچانتا ہے۔ وہ اپنی بات کو بھی زمانہ کے رجحان کے مطابق ڈھال لیتا ہے، اور یہی اس کی خوبی ہے کیونکہ داستان گو اگر زمانہ کے رجحان سے واقف نہ ہو تو اس کی بات بے پات کے ڈھاک کی طرح لنڈوری اور پھیکی رہ جاتی ہے۔

جی چاہتا ہے کہ اس کی سب باتیں قلم بند کرتا رہوں کیونکہ ان سے آئندہ نسلوں اور مورخوں کو ہمارے زمانہ کو سمجھنے میں مدد مل سکتی ہے لیکن دفتر کی بے ہنگم زندگی کے باعث فرصت ہی نہیں ملتی اس لیے کہ بھگت رام کی کچھ نہ کچھ یادگار باقی رہ جائے میں صرف ایک واقعہ جو اس نے مجھے کل سنایا تھا، جوں کا توں قلم بند کیے دیتا ہوں۔ میرا خیال ہے کہ اس سے پڑھنے والوں کو زمانے کے رجحان کا بھی کچھ نہ کچھ پتہ چل جائے گا اور بھگت رام کے فن کا اندازہ بھی ہو جائے گا۔ کہہ نہیں سکتے کہ اس واقعہ میں کس قدر حقیقت اور کس قدر مبالغہ ہے۔ یعنی بھگت رام نے لسی میں جتنا پانی ملایا ہے اس کی مقدار صرف وہی جانتا ہے۔ دوسرا جان جائے تو بات کا مزا ہی نہیں رہتا۔

حسب معمول شام کے وقت بھگت رام نے اپنی بھینسے جیسی گردن کو جنبش دیتے ہوئے کہنا شروع کیا۔

سنئے بابو صاحب! آج آپ کو ایک ایسا واقعہ سناتا ہوں کہ آپ کی طبیعت خوش ہو جائے گی۔

وہ ہر واقعہ اسی وثوق اور اعتماد کے ساتھ شروع کرتا ہے اور شروع کرنے سے پہلے اسی قسم کی تمہید باندھتا اور خوشی کے تصور میں سننے والے سے پہلے خود جھوم جاتا ہے۔ بولا۔

''ہم نئی دہلی کے ریلوے اسٹیشن سے ریڑھے میں کچھ مال لادے ہوئے لوٹ رہے تھے۔ جب پنچ کنواں روڈ کے قریب پہنچے تو ایک دم شور سنائی دیا۔ چور ہے چور، پکڑنا، پکڑنا۔ ہم نے ٹھٹھک کر کان کھڑے کئے، سامنے سے ایک سائیکل سوار آرہا تھا۔ اس نے بگلے کے پروں جیسے سفید شدہ کھدر کی جواہر باسکٹ، تنگ چوڑی دار پاجامہ اور گاندھی ٹوپی پہن رکھی تھی۔ دیکھنے میں نہایت شریف. اور دیس بھگت معلوم ہوتا تھا۔ وہ بڑے اطمینان سے سائیکل چلا رہا تھا۔ کسی کو بھی اس کے چور ہونے کا شبہ نہیں ہوسکتا تھا لیکن جونہی پکڑنا، پکڑنا کا شور قریب آیا وہ گھبرا گیا۔ کیونکہ چلانے والوں کا اشارہ خاص اس کی طرف تھا۔ جونہی وہ موڑ گھومنے لگا ایک خوانچہ والا نے لپک کر اسے پکڑ لیا اور پیچھے سے چور چور چلانے والا ہجوم بھی آپہنچا، ایک منچلے نے آؤ دیکھا نہ تاؤ۔ بنا کیفیت بیان کیے...... پانچ چھ چپت ایسے زور سے رسید کیے کہ سائیکل سوار المعروف کھدر پوش چور کی سٹی گم ہوگئی۔ وہ منہ سے ایک لفظ بھی نہ کہہ سکا۔ گاندھی ٹوپی اچھل کر ایک طرف جا پڑی۔

'' آدمی تو شریف معلوم ہوتا ہے۔ بتایئے تو سہی ماجرا کیا ہے؟ کسی نے ہجوم میں سے ٹوکا۔''

منچلے نوجوان نے ہاتھ روک لیا اور اس کا دوسرا ساتھی کیفیت بیان کرنے لگا کہ ہم دونوں ریگل میں تین بجے کا شو دیکھنے آئے تھے۔ جیسا کہ قاعدہ ہے ہم نے اپنی سائیکلیں سائیکل سینڈ پر کھڑی کر دیں۔ لیکن انہیں ابھی سٹینڈ والے کے سپرد نہیں کیا تھا۔ وہ دوسرے گاہکوں کو نپٹانے میں مصروف تھا۔ اس کے پاس ریزگاری نہیں تھی۔ اس لیے دیر کچھ زیادہ ہوگئی ہم قریب کی دوکان پر پان کھانے لگے۔ بس پھر کیا تھا مہاشہ جی نے موقع غنیمت سمجھا اور سائیکل اُٹھا کر چلتے بنے۔ نئی سائیکل، پرسوں دوسو روپے خرچ کیے ہیں۔ خوش قسمتی سے اپنے ساتھی کی طرف اشارہ کر کے انہوں نے نظر گھما کر دیکھ لیا۔ سمجھا کہ غلطی سے سائیکل تبدیل ہوگئی ہے۔ ٹوکا تو انہوں نے سائیکل اور تیز کر دی۔ ہم نے شور مچایا اور ان کا پیچھا کیا ہمارے ساتھ دوسرے لوگوں نے بھی دوڑنا شروع کر دیا۔ اسی اسٹینڈ سے پہلے بھی پانچ چھ سائیکلیں چوری ہو چکی ہیں اور یہ حضرت اردگرد منڈلایا کرتے ہیں۔ شریف صورت اور یہ لباس دیکھ کر شک نہیں ہوتا تھا پر آج......''

اس دوران میں جس نوجوان نے آتے ہی مہاشہ کی مرمت کی تھی، ٹوپی اُٹھا کر اور جھاڑ پونچھ کر اس کے سر پر رکھ دی۔ بات معلوم ہوتے ہی کئی ہاتھ بیک وقت چل پڑے۔ لوگوں میں غیر معمولی جوش اور غصہ ابھر آیا تھا۔ خوب اچک اچک کر تھپڑ رسید کر رہے تھے اور کہہ رہے تھے۔ ''اسی لیے یہ گاندھی ٹوپی پہن رکھی ہے، اسی لیے یہ بگلا بھگتی اختیار کی ہے۔ سائیکل چراتا ہے۔ بلیک مارکیٹ کرتا ہے۔ افسروں کو رشوت دلاتا ہے............''

چور چپ چاپ پٹ رہا تھا۔ کسی کو بھی اس سے ہمدردی نہیں تھی۔ تبع شدہ لوگ یوں ہنس رہے تھے جیسے مداری کا تماشا دیکھ رہے ہوں۔ مرمت چونکہ چوراہے پر ہو رہی تھی اس لیے کچھ لوگ چلے جاتے تھے اور جتنے جاتے تھے ان سے کہیں زیادہ

تعداد میں نئے لوگ جمع ہو جاتے تھے بھیڑ کم ہونے کے بجائے ہر لمحہ بڑھ رہی تھی۔

''آدمی تو شریف معلوم ہوتا ہے اسے کیوں پیٹ رہے ہو؟'' نئے آنے والوں میں سے کسی نے دریافت کیا۔

پیٹنے والے ہاتھ رک گئے گاندھی ٹوپی پھر زمین پر جا گری تھی۔ ایک شخص نے اسے اٹھا کر جھاڑا پونچھا اور پھر اس کے سر پر رکھ دیا۔ اور اب وہی کیفیت بیان کرنے لگا۔ ''یہ دو آدمی ریگل میں سینما دیکھنے آئے تھے انہوں نے اپنی سائیکلیں سائیکل اسٹینڈ پر رکھیں اور یہ حضرت ان کی نئی سائیکل اُٹھا۔ یہ جادہ جا......''

بات ختم بھی نہیں ہوئی تھی کہ پھر بے بھاؤ کی پڑنے لگیں۔ کیا اسی لیے گاندھی ٹوپی پہن رکھی ہے؟ کیا اس لیے یہ بگلا بھگتی اختیار کی ہے؟ کیا اسی لیے......''

کچھ پیٹتے تھے اور کچھ ہنستے ہوئے چلے جاتے تھے۔ اور جانے والوں سے کہیں زیادہ نئے لوگ جمع ہو جاتے تھے پھر کوئی نہ کوئی ٹوک دیتا تھا۔ پھر کیفیت بیان ہوتی تھی اور پھر پٹائی شروع ہو جاتی تھی۔

چور نے ایک دفعہ بھی صفائی پیش نہیں کی۔ ذرا چوں تک نہیں کی اسے چپ دیکھ کر لوگوں کا جوش اور غصہ اور بڑھتا تھا اور ہاتھ زیادہ گہرے پڑتے تھے اور تھپڑ کی تال پر یہ سر برابر سنائی دیتا تھا۔ ''کیا اسی لیے گاندھی ٹوپی پہن رکھی ہے؟ کیا اسی لیے یہ بگلا بھگتی اختیار کی ہے؟''

''مان لیا کہ وہ چور تھا''۔ میں نے ٹوکا لیکن اس کا یہ مطلب تو نہیں کہ وہ کانگرسی بھی تھا۔ شاید اس نے چوری چھپانے کے لیے ہی یہ سوانگ بھرا ہوا۔

''بھرا تو ہوگا سوانگ ہی'' بھگت رام بولا۔ لیکن یہ سچ ہے کہ اگر اس نے گاندھی ٹوپی اور کھدر نہ پہنا ہوتا تو چور ہونے پر بھی اس کی اتنی پٹائی نہ ہوتی۔ میں تو اسے وہیں پٹتے چھوڑ کر چلا آیا۔ بھیڑ میں سے ایک بھی آدمی اسے چھوڑ دینے کی فرمائش نہیں

کرتا تھا میں نے چوروں کو کئی بار پٹتے دیکھا ہے لیکن لوگوں کو اس قدر خوش ہوتے کبھی نہیں دیکھا۔"

بھگت رام نے بات ختم کی اور توقف کے بعد پھر بولا۔"میرا خیال ہے کہ اگر وہ چور لوگوں کے ہاتھ سے بچ کر زندہ چلا گیا تو وہ اپنی سات پشت کو اور سب چوروں کو ہدایت کرے گا کہ اگر وہ آدمی کے بچے ہیں تو گاندھی ٹوپی اور کھدر کبھی نہ پہنیں۔"

بھگت رام آج غیر معمولی طور پر خوش تھا اور اس نے اپنی گردن یوں بلند کر لی تھی جیسے اس کی روح کی سلوٹیں نکل گئی ہوں۔

●●●

بلبل

ہماری موتیا کی بیل میں ایک نئے پنچھی نے گھونسلا بنانا شروع کیا۔ نیا اس معنی میں کہ میں نے اسے پہلی بار دیکھا تھا۔ قد گرسل اور فاختہ جیسا۔ لیکن روپ رنگ میں نہایت خوب صورت۔ چونچ اور گردن کا رنگ گہرا سیاہ، درمیان کا حصہ بھورا، دُم اور اس کے آس پس کا حصہ پھر کالا۔ اس کے نیچے کا حصہ انار کے پھول جیسا سرخ سا، جسے عنابی بھی کہا جا سکتا ہے۔ اس سیاہ بھورے اور عنابی رنگ سے جو تصویر بنتی ہے وہ واقعی دلکش تھی۔

''اس چڑیا کو کیا کہتے ہیں؟'' میں نے اپنی بیوی شیلا سے پوچھا۔

''بلبل۔'' اس نے جواب دیا

''بلبل؟'' میں نے شک کا اظہار کیا۔ میرا خیال تھا کہ اُردو فارسی ادب کے ذریعے محض یہ نام ہم تک پہنچا ہے ورنہ ہمارے دیس میں اس پنچھی کا وجود نہیں۔

''میں نے دیکھا ہے کہ جامع مسجد پر لوگ اسے پنجروں میں بند بیچتے ہیں۔'' شیلا نے دلیل دی اور میرا شک دُور ہوا۔

''اپنے گھر میں اس خوب صورت پنچھی کا سواگت'' میں بلبل کی طرف دیکھتے ہوئے مسکرایا لیکن شیلا خوش ہونے کے بجائے پریشان تھی۔ وجہ یہ تھی کہ انار کے پیڑ میں فاختہ نے دو بار گھونسلہ بنایا اور دونوں بار گھونسلے کا انجام تکلیف دہ ثابت ہوا۔ ایک بار

انڈے دیئے انہیں کوا چاٹ گیا اور دوسری مرتبہ بچے نکلے تو انہیں بلی کھا گئی۔ شیلا اور گھر کے دوسرے افراد نے انہیں بچانے میں کسر نہیں اُٹھا رکھی، لیکن کوئی بھی طریقہ کامیاب نہیں ہوا۔

شیلا یہی سوچ کر پریشان تھی، اور وہ نہیں چاہتی تھی کہ بلبل اس غیر محفوظ جگہ پر گھونسلہ بنائے لیکن منع بھی کرے تو کیسے کرے؟

جیسے فاختہ کی بہ نسبت بلبل خود خوب صورت تھی۔ اس کا گھونسلہ بھی گوریا کے گھونسلے کی بہ نسبت کہیں زیادہ خوبصورت تھا۔ شیلا اسے دیکھ کر کھل اٹھی۔ جانے کتنی مرتبہ مجھے دکھایا اور خود دیکھا۔ دیکھتے دکھاتے من ہی نہیں بھرتا تھا۔ ہمارے سامنے والی پڑوسن ہربنس کور کافی دن سے اپنے کسی رشتہ دار کے یہاں پنجاب میں پھلور گئی ہوئی تھی۔ شیلا میں اور اس میں گہری چھنتی تھی۔ گورپرب کے دن یا کسی اور موقع پر جب وہ گوردوارے جاتی تھی تو شیلا کو بھی ساتھ لے جاتی۔ کوئی نئی چیز خریدتی تو سب سے پہلے شیلا کے پاس لے کر آتی۔ دیکھ بہن: سوٹ کا کپڑا لائی ہوں۔ مجھے تو اس کا رنگ پسند آیا اور خیال ہے چلے گا بھی اچھا۔ اب تو بتا کیسا ہے؟ شیلا کپڑے کی تعریف کر دیتی تو ہربنس کور خوش ہو جاتی۔ یہی حال شیلا کا تھا گھر میں کوئی نئی چیز آتی تو سب سے پہلے ہربنس کور کو بلا کر دکھاتی۔ جب بھی کڑھی بنتی تو سب سے پہلے کٹورا بھر کر اس کے گھر بھیجتی۔ جب ہربنس کور پنجاب سے لوٹ کر آئی تو شیلا آنکھوں میں مسرت بھر کر بولی۔

''بہن ہمارے گھر میں بلبل نے گھونسلا بنایا ہے۔ دیکھو تو سہی کتنا سندر ہے'' ہربنس کور لانبے قد اور سڈول بدن کی عورت ہے۔ گھونسلہ زیادہ اونچائی پر نہیں تھا وہ موتیا کی بیل کے قریب گئی جھک کر گھونسلے کا جائزہ لیا اور پھر بولی۔

''ہاں بہن بہت سندر ہے، جیسے چھوٹی سی ٹوکری ہو۔ اس میں دھاگے ہی دھاگے ہیں تنکا تو کوئی کوئی ہے۔''

ہربنس کور یہ بات کہہ رہی تھی کہ نر اور مادہ دونوں بیک وقت اُڑتے ہوئے آئے اور اپنی تیز تیز چونچوں سے اس پر دھاوا بول دیا۔

''کمال کے پنچھی ہیں'' ہربنس کور نے ہاتھوں سے سر کی حفاظت کی اور وہ مسکراتے ہوئے پیچھے ہٹ گئی۔

جیسے ہی گھونسلا بن کر تیار ہوا مادہ نے انڈے دیئے جو تعداد میں دو تھے اور کچھ ہی دن میں بچے نکل آئے ان دونوں باتوں کی اطلاع شیلا نے مجھے اور اپنی سہیلی ہربنس کور کو دی۔

اس کے اپنے پران گھونسلے میں اٹکے ہوئے تھے۔ کپڑے اور چارپائی کی اوٹ وغیرہ کے جو طریقے فاختہ کے بچوں کو بچانے کے لئے اپنائے گئے تھے، اب بھی کام میں لائے جا رہے تھے اور اس میں اسے گھر کے دوسرے افراد کا بھی تعاون حاصل تھا۔ یہاں تک کہ گھر کا سب سے چھوٹا رکن۔ میرا پوتا پپو دھرتی پر پاؤں پٹک کر کہتا۔

''چل بھاگ وشٹ کوے'' اور بلی کو آتا دیکھ کر چلا اٹھتا'' آگئی میاؤں کی بچی۔''

بلبل نر اور مادہ بھی چوکس تھے۔ بچوں کی حفاظت کے لئے دونوں نے جان کی بازی لگا رکھی تھی۔ بلی یا کوے کو دیکھ کر وہ چیں چیں کر کے شور مچاتے۔ کہیں بھی ہوں فوراً اُڑ کر گھونسلے پر پہنچ جاتے اور جابر دشمن سے خوف زدہ ہونے کے بجائے لڑنے مرنے پر آمادہ ہو جاتے۔

''کیسا دلیر پنچھی ہے۔'' میرا بیٹا انیل ان کا یہ حوصلہ دیکھ کر بولا۔

''فاختہ نے تو یہ جرأت کبھی نہیں دکھائی۔ بلکہ ہوتا یہ تھا کہ بلی کوے کو آتے دیکھ کر گھونسلا چھوڑ کر، د،منڈیر پر جا بیٹھتی تھی اور منہ سے آواز تک نہیں نکالتی تھی۔''

''گوریا تو سیدھا اور معصوم پرندہ ہے۔ وہ بے چارہ کیا مقابلہ کرے گا'' میں نے

اس کی بات کا جواب دیا اور آگے کہا۔

''پنجاب میں اس کے بارے میں ایک کہانی مشہور ہے کہ اس نے اپنے ننھے منے بچے کو بھول سے آپ ہی مار ڈالا، اب اس بھول پر برابر پچھتا رہی ہے۔ اس کی آواز میں جو ایک دردناک ٹیس ہے وہ اسی وجہ سے ہے۔''

''لیکن بلبل کو دیکھئے۔ اگر ہم گھونسلے کے قریب جاتے ہیں تو ہم پر بھی جھپٹتی ہے۔ ذرا نہیں ڈرتی۔''

''اسے کیا معلوم کہ ہم اس کے دشمن نہیں، دوست ہیں۔ اسے تو ہر حالت میں بچوں کی حفاظت کرنی ہے۔ ڈرے گی تو حفاظت کیسے ہوگی؟''

دراصل بلبل نے گھونسلے کے لئے جگہ چننے میں بھی زیادہ سوجھ بوجھ سے کام لیا تھا۔ انار کی بجائے موتیے کی بیل میں گھونسلہ اس لئے زیادہ محفوظ تھا کہ ایک طرف برآمدے کا کھمبا، اُوپر محراب اور دوسری طرف بیل کی اوٹ۔ بلی اور کوے کے لئے سیدھے حملے کی ذرا بھی گنجائش نہیں تھی۔ نر اور مادہ چوگا چگنے جاتے، کیڑے مکوڑے جو بھی ان کی غذا تھی، چونچ میں ڈال کر بچوں کو بھی کھلاتے۔ دن گذر رہے تھے۔ بچے پل بڑھ رہے تھے۔ نر اور مادہ ہی نہیں، میری بیوی بھی مطمئن تھی۔

ایک دن رات کے نو دس بجے جب ہم لوگ اندر بیٹھے ٹی وی دیکھ رہے تھے، نر اور مادہ کے بھیانک ''چیں چیں'' نے آسمان سر پر اُٹھا لیا۔ سبھی چونک کر باہر نکل آئے۔ دیکھا کہ بلی موتیے کی بیل پر چڑھ آئی ہے اور گھونسلے پر جھپٹ رہی ہے۔ انیل نے چپل اٹھا کر بلی پر پھینکا اور وہ بھاگ گئی۔ لیکن شیلا کو رات بھر نیند نہیں آئی۔ وہ یہ سوچ کر پریشان تھی کہ بلی بڑی ظالم ہے۔ وہ اگر دونوں نہیں تو ایک بچہ ضرور لے گئی ہے۔ صبح اٹھ کر جب دیکھ لیا کہ دونوں بچے گھونسلے میں موجود ہیں تب چین پڑا۔

میں نے بھی گھونسلے میں جھانک کر دیکھا اور کہا۔'' کافی بڑے ہو گئے ہیں اور

پنکھ بھی نکل آئے ہیں۔''

''اچھا ہے اُڑ جائیں، سوئی بلی پیچھے پڑ گئی ہے انہیں چھوڑے گی تھوڑی۔''

لیکن پنکھ نکل آنے کے باوجود بچے اُڑے نہیں۔ گھونسلا خواہ کتنا بھی چھوٹا تھا ہم نے انہیں باہر نکلتے کبھی نہیں دیکھا۔

ماں باپ نے شاید انہیں ایسی سیکھ دے رکھی تھی کہ باہر نکلو گے تو خطا کھاؤ گے۔ آخر ایک دن ایک بچہ گھونسلے سے نکلا وہ چند لمحے وہیں بیل پر بیٹھا رہا اور ادھر اُدھر دیکھا کیا پھر اُڑان بھری اور چھجلی پر آ بیٹھا۔ میں اور میری بیوی ہی گھر میں تھے اور تجسس کی نظر سے اسے دیکھ رہے تھے۔

''دوسرا تو ابھی گھونسلے میں ہے۔ یہ ایک ہی باہر آیا ہے۔''

''ہاں ایک ہی آیا ہے۔''

''اب وہ کہاں جائے گا؟''

''کیا معلوم کہاں جائے گا؟ ہو سکتا ہے کہ تھوڑا گھوم پھر کر گھونسلے میں ہی لوٹ آئے۔''

لیکن وہ لوٹا نہیں۔ کچھ دیر چھجلی پر بیٹھا نیلے وسیع آسمان کی طرف دیکھتا رہا پھر ایسی لمبی اُڑان بھری کہ آنکھوں سے اوجھل ہو گیا۔

شاید وہ نر تھا۔ سیاہ، بھورے اور عنابی رنگ کا امتزاج جس اوسط سے ہوا تھا۔ اس سے وہ ہو بہو ماں باپ ہی کا روپ تھا۔

اسی طرح دوسرے دن دوسرا بچہ گھونسلے سے باہر آیا۔ چند لمحے بیل پر بیٹھا ادھر ادھر دیکھا کیا۔ پھر اُڑان بھر کر کپڑے ٹانگنے کے تار پر جا بیٹھا۔ کافی دیر وہیں رہا لیکن جب اُڑا تو وہ بھی آنکھوں سے اوجھل ہو گیا۔

شیلا نے بڑے مسرت بھرے لہجے میں اپنی پڑوسن ہربنس کور کو آواز دی اور اسے

دیکھتے ہی بولی۔ ''بہن خوشخبری سنو، دونوں بچے اُڑ گئے۔''

میں نے بیوی کے الفاظ کی بازگشت سنی، سنتا رہا اور آج بھی سن رہا ہوں۔

●●●

بوڑھا انور

پت جھڑ کا موسم تھا۔ دریا کنارے کے بڑے بڑے تناور درخت اپنی برہنہ ٹہنیوں پر چند آخری زرد زرد پتوں کو دریا کے پانی میں لرزتے ہوئے دیکھ رہے تھے۔ ڈوبتے ہوئے سورج کی چنچل کرنیں موجوں کے آغوش میں چھپ جانے کے لیے پانی کے ریلے کے ساتھ بھاگی چلی جاتی تھیں۔ شفق کا رنگین عکس اُبھر اُبھر کر سطح پر بکھرا جاتا تھا اور یوں معلوم ہوتا تھا گویا دریا کے سینے سے خون کا فوارہ پھوٹ نکلا ہے۔ خوشگوار اور خیال آفرین شام تھی۔ بوڑھا انور دریا کے کنارے بیٹھا اور بائیں بازو کے سہارے جھکا ہوا صاف پانی میں اپنی بل کھائی ہوئی پیشانی کو یوں دیکھ رہا تھا گویا گذری ہوئی بہاریں گن رہا ہوں۔ دریا میں لہریں اُٹھ رہی تھیں۔ ساحل تک پہنچ پہنچ کر لوٹ جاتی تھیں اور پھر واپس آتی تھیں۔ بوڑھے کا عکس بھی درختوں کے پتوں کی طرح لرزاں تھا۔ اس کے دماغ میں کتنے ہی پریشان کن اور اُلجھے ہوئے خیالات کی رو بہہ رہی تھی۔ دریا کی لہروں کی طرح ماضی کی کتنی ہی یادیں اس کے ذہن میں آتی چلی جاتیں اور پھر آجاتی تھیں۔ اس کے چہرے کا رنگ لمحہ بہ لمحہ بدلتا تھا، کبھی سخت ہوجاتا تھا اور کبھی غمگین۔

اسی اثناء میں گلاب کے چند پھول بہتے ہوئے اس کے قریب آگئے۔ اس نے ہاتھ پھیلا کر انہیں پکڑ لیا۔ پھول مرجھا چکے تھے۔ ان کی خوشبو ضائع ہو چکی تھی مگر گزشتہ بہار کی یادگار تھے۔ انہیں دیکھتے ہی بوڑھے انور کی آنکھوں میں روشنی کی ایک غیر معمولی

چمک نمایاں ہوئی اور اس کے ہونٹوں پر ہلکی ہلکی میٹھی سی مسکراہٹ دوڑ گئی۔ اس چمک اور مسکراہٹ کا مجموعی اثر سورج کی آخری کرنوں سے زیادہ حسین اور زیادہ دلکش تھا۔ اب وہ اپنی گزشتہ زندگی کے ایک ایسے واقعہ پر پہنچ گیا تھا جس کی یاد سے اس کے سوکھے بدن میں ایک نازک کیفیت پیدا ہوگئی تھی اور سمجھنے سوچنے کی تمام قوت اس ایک واقعہ پر مرکوز ہوگئی جیسے گھومتے ہوئے لٹو کی قوت گردش ایک نقطہ پر جمع ہو جاتی ہے۔

سورج ڈوب رہا تھا۔ وہ صبح سے پہلے پھر طلوع نہیں ہوسکتا پھول مرجھا چکے تھے۔ ان پر اب تازگی نہیں آسکتی۔ بہار گزر چکی تھی۔ وقت مقررہ سے پہلے اسے کوئی واپس نہیں بلاسکتا۔ مگر یاد...... ایک یاد اُن سب سے زبردست ہے۔ انسانی دل میں وہ ہروقت طلوع ہوتی رہتی ہے۔ وہ ہر وقت تازہ ہے۔ اس کی بہار کا کوئی وقت معین نہیں۔ وہ سدا بہار ہے۔ بوڑھے انور کے دل میں بھی یہ یاد اس طرح تازہ اور شگفتہ تھی۔ گویا کل کی بات ہو۔ اگر چہ واقعہ بالکل مختصر تھا۔ اور اس کی اتنی بڑی زندگی میں آنکھ جھپکنے کے برابر تھا۔ پھر بھی اتنا کیف آور اور مسرور کن تھا کہ اس کی تمام زندگی پر محیط تھا۔

اس کا عنفوانِ شباب تھا اور وہ اپنے کھیت میں بیلوں کے لیے چارہ کاٹ رہا تھا کہ سامنے کنویں پر کسی کی آہٹ معلوم ہوئی۔ وہاں ایک بیری تھی۔ جسے کنویں والی بیری کہتے تھے۔ اس کے بڑے بڑے گول میٹھے اور خوبصورت بیر کلو کے سیبوں کی طرح مشہور تھے۔ انور نے اُٹھ کر دیکھا کہ بیری کے پتے ہل رہے ہیں۔ کوئی ٹہنیاں جھکا جھکا کر بیر توڑ رہا ہے۔ اس کے تن بدن میں آگ لگ گئی اور وہ غصے میں بھرا اور جھلایا ہوا اُدھر کو چلا۔ یہ لوگ کتنے ڈھیٹھ ہیں۔ جب منع کر رکھا ہے کہ اس بیری کے بیر کوئی نہ توڑے تو یہ لوگ کیوں آجاتے ہیں؟ کیا باوا کا راج سمجھ رکھا ہے انہوں نے؟

وہ اسی طرح بڑبڑاتا اور دل ہی دل میں بل کھاتا ہوا جا رہا تھا اور جب قریب پہنچ گیا تو للکارا۔ ''کون ہے تو بیر توڑنے والا؟ تجھے خبر نہیں......''

وہ آگے کچھ نہ کہہ سکا۔ سامنے عطیہ کھڑی مسکرا رہی تھی۔ اس مسکراہٹ میں ہزاروں جنتیں پنہاں تھیں۔ انور کا سارا غصہ فرو ہو گیا۔ بلکہ وہ پچھتا رہا تھا کہ میں کیوں اتنا تیز ہوا۔ پہلے ہی دیکھ لینا چاہئے تھا کہ کون ہے۔ سب کو ایک ہی لاٹھی سے تو نہیں ہانکا جاتا۔ آخر وہ بیچاری کچھ اپنا ہی تو سمجھ کر آئی ہوگی۔ آہ وہ کس قدر پشیمان تھا۔ اسے اتنی جرأت نہ تھی کہ آنکھ اٹھا کر عطیہ سے بات کر سکے۔ اس لیے اس نے آنکھیں جھکائے ہوئے ہی مگر ذرا مسکرا کر کہا۔ ''عطو بیر توڑ رہی ہو؟''

''ہاں، بیر ہی توڑنے آئی ہوں۔ اگر تم خفا ہو تو چلی جاؤں؟'' عطیہ نے اپنی دلربا قوتوں کو نور افروز آنکھوں میں بھر کر جواب دیا۔

جس طرح پھول کی خوشبو سے بھونرے کے دل کا راگ امڈ آتا ہے۔ اس خود دارانہ جواب سے انور کا مردانہ غرور جاگ اٹھا۔ اس نے عطیہ کے میٹھے طعنہ کے جواب میں کہا۔ ''واہ جانے کی بھی ایک ہی کہی۔ بھلا عطو میں اور تم پر خفا ہوں گا۔ کہو تو اوپر چڑھ کر بیر توڑ دوں؟''

انور یہ جملے از خود رفتگی میں کہہ گیا۔ کون جانے ان میں ہمدردی زیادہ تھی۔ یا محبت؟ عطیہ نہ تو شرمائی اور نہ اس نے برا مانا بلکہ وہ اپنی بڑی بڑی شوخ آنکھوں کو چمکا کر بولی:۔

''نیکی اور پوچھ پوچھ؟''

انور پر جیسے بھوت سوار ہو گیا۔ وہ چارہ اور بیل سب بھول بھال کر بیری پر چڑھ گیا اور بیر توڑ توڑ کر نیچے پھینکنے لگا۔

عطیہ نے انہیں اُٹھا اُٹھا کر جھولی میں ڈالتے ہوئے کہا۔

''نیچے کی ٹہنیوں پر تو ایک بھی بیر نہیں۔ لوگوں نے سب توڑ لیے میں تو اب تک یونہی پریشان ہوتی رہی۔ تمہیں کیوں نہ پکار لیا۔''

''تمہیں کیوں نہ پکارلیا۔'' جیسے کسی نے جنگل کی خوشگوار فضا میں میٹھی بنسری بجائی ہو۔ انور کی روح میں ایک غیر فانی نغمہ گونج اُٹھا۔ اس نے اس غیر متوقع مسرت سے دل ہی دل میں لطف اندوز ہوتے ہوئے جواب دیا۔

''کیا کروں عطو؟ میں تو بہتیرا روکتا ہوں۔ پھر بھی لوگ ہیں کہ ذرا نہیں مانتے آگے پیچھے آہی دھمکتے ہیں۔''

''جیسے میں۔ اور پھر اتنے ڈھیٹھ کہ منع کرنے پر بھی باز نہیں آتے۔ ہے نا؟'' عطیہ نے کہا۔ ''من میں تو مجھے کوستے ہی ہو گے؟''

''نہیں عطو! قسم خدا کی تمہیں کس طرح یقین دلاؤں۔ تم تو جس وقت بھی چاہو آسکتی ہو۔''

یہ الفاظ انور کی روح نے کہے تھے۔ ان میں اتنا خلوص اور اس قدر صفائی تھی کہ یقین دلانے کے لیے اور کوئی ثبوت درکار نہ تھا۔ عطیہ ایک لمحے کے لیے اپنے آپ کو بھول گئی اور اس نے اُوپر کی طرف دیکھتے ہوئے پوچھا۔ ''کیوں انور میں تمہاری کون ہوتی ہوں؟''

اس کی آنکھوں میں کس قدر استفسار، کس قدر جاذبیت اور کس قدر کشش تھی، گویا وہ اس فانی دنیا کی دیہاتی لڑکی نہیں۔ بلکہ کسی لافانی دنیا کی کوئی ساحرہ تھی۔ جو انور کو اپنے بس میں کرنے آئی تھی۔ دونوں نے آنکھوں میں آنکھیں ڈال کر ایک دوسرے کو دیکھا ...... وقت کی رفتار تھم گئی۔ ہستی کا احساس مٹ گیا۔ ابدیت اور لامحدودیت سمٹ کر ایک نقطہ پر آ گئی۔

کہا جاتا ہے کہ عورت کے سامنے مرد بے بس ہو جاتا ہے۔ اُس کا جادو بے پناہ ہے اور اس کا اثر ہمہ گیر مگر عورت بھی مرد کے اثر سے مستثنیٰ نہیں ہوتی۔ جذبات کی کشمکش دونوں جانب ہوتی ہے۔ ماہر نفسیات وکٹر ہیوگو کا نظریہ ہے کہ محبت کے معاملہ میں مرد تو

جھجکتا ہی رہتا ہے۔ پیش قدمی عورت کرتی ہے کیونکہ عورت گریز پسند اور مرد جرأت پسند واقع ہوا ہے۔ اس وقت وہ ایک دوسرے کی صفات حاصل کرتے ہیں اور دونوں کی قوتیں متوازن ہو کر محبت کو نشو و نما دیتی ہیں۔

کچھ دیر میں جب سر در ٹوٹا تو عطیہ کو محسوس ہوا کہ یہ اس نے کیا کہہ دیا تھا۔ وہ حیا سے سرخ ہو کر زمین کی طرف دیکھنے لگی اور انور نے گیہوں کے کھیتوں پر اڑتی ہوئی کونجوں کو دیکھنا شروع کیا۔

مگر جو مجوب کن سی فضا پیدا ہو گئی تھی۔ اس کو دور کرنے کے لیے کچھ نہ کچھ کہنا ضروری تھا اس لیے انور نے چند عمدہ پکے ہوئے بیر توڑ کر کہا: ''دیکھو عطیہ کتنے خوبصورت بیر ہیں۔''

''ہاں، پھینکو نیچے۔'' عطیہ نے اوپر جھانکتے ہوئے کہا۔

''نہیں، ایسے نہیں پھینکوں گا، زمین پر گرے تو ٹوٹ جائیں گے۔''

''اچھا میں جھولی پھیلاتی ہوں۔'' اس میں پھینکنا۔

عطیہ نے اپنے سر کی چنری اُتار کر ایک طرف بچھادی۔ تمام بیر اس میں ڈال دئے۔ پھر وہیں آ کھڑی ہوئی اور جھولی پھیلا کر انور سے بیر پھینکنے کیلئے کہا۔

انور نے بیر پھینکے، وہ ہوا میں اُڑتے ہوئے عطیہ کی جھولی کی طرف بڑھے لیکن عطیہ کو یوں معلوم ہوا کہ وہ زمین پر گریں گے۔ وہ اُوپر کو دیکھتی ہوئی ذرا آگے بڑھی ۔ بیر اس کے منہ پر گرے اور ہونٹوں کو مس کرتے ہوئے ادھر ادھر بکھر گئے عطیہ اور انور دونوں ہی کھلکھلا کر ہنس پڑے۔ کس قدر مسرت افروز تھی وہ ہنسی، انور کے دل میں آواز پیدا ہوئی کہ وہ پھر بیر پھینکے اور وہ پھر عطیہ کے ہونٹوں پر گریں اور وہ اسی طرح کھلکھلا کر ہنس دیں۔ لیکن اس نے ہمدردی کے طور پر پوچھا۔ ''چوٹ تو نہیں لگی؟''

''نہیں'' جو بال پیشانی پر آگئے تھے، عطیہ نے انہیں سنوارتے ہوئے کہا۔ اس

کے مہین کالے قمیص میں سے گورا چٹا حسین جسم ایسے چمک رہا تھا جیسے چھلنی کے نیچے سے دیے کی روشنی چھن رہی ہو۔

اس وقت انور کی عمر بیس اکیس برس کی تھی اور عطیہ کی پندرہ سولہ، اس کے بعد وہ کبھی دوبارہ نہ مل سکے اور ملتے بھی کیسے؟ انور دوسرے ہی دن شہر چلا گیا اور وہاں فوج میں بھرتی ہو گیا تاکہ روپیہ کما کر گاؤں واپس آئے اور عطیہ سے شادی کرلے۔ اگرچہ روپیہ کا ہونا شادی کی کوئی ضروری شرط نہ تھی۔ کیونکہ اس کا باپ اچھا کھاتا پیتا آدمی تھا اور کافی زمین کا مالک تھا۔ مگر یہ اس کے مردانہ وقار کا تقاضا تھا چنانچہ اس نے خوب جان توڑ کر کام کیا۔ چار ہی سال میں سپاہی سے لیس، نائک اور حوالدار کے مدارج طے کر لیے اور تنخواہ میں بھی معتد بہ اضافہ ہو گیا۔

عطیہ کی خبر اسے برابر آتی رہتی تھی۔ بلکہ اب ان دونوں کی نسبت بھی قرار پا گئی۔ انور نے چھٹی لی کہ گھر جا کر شادی کرے۔ اسے صبح گاؤں کو روانہ ہونا تھا مگر رات ہی کو اطلاع پہنچ گئی کہ سب چھٹیاں منسوخ۔ جرمنی سے جنگ چھڑ گئی ہے۔

دو دن میں ان کی فوج کا دستہ افریقہ کو روانہ ہو گیا۔

اس کے بعد انور کی زندگی میں یاد کرنے کے لیے کیا تھا۔ صرف جنگ کا محاذ...... وحشت اور بربریت...... توپوں کی دنادن...... مظلوم، معصوم، اپاہج اور خون آلود انسانیت۔ اور ان سب سے بھیانک تھی جرمنی کی قید۔ وہ کس طرح دشمن کے ہاتھ پڑا اور کس طرح جنگی قیدی بنا کر چار سال قید میں رکھا گیا۔ کھانے کو ڈبل روٹی کا چوتھا حصہ ملتا تھا اور کام گدھے کی طرح لیا جاتا تھا۔

اس قید میں اسے کس قدر تکلیفیں اُٹھانی پڑیں۔ کس قدر ذہنی کوفت برداشت کرنی پڑی۔ ان مصیبتوں کی یاد سے اس کی روح اب بھی کانپ اٹھتی ہے کہ وہ چالیس سال کی عمر ہی میں بوڑھا ہو گیا۔ سر کے بال جھڑ چکے تھے اور جو باقی تھے وہ سفید پڑ گئے

تھے۔ کیا وہ دولت، جاگیر اور پنشن جو اسے رہا ہونے کے بعد ملی تھی۔ اس نقصان کی تلافی کرسکتی تھی؟ کیا وہ چیز جو اس نے جنگ کی بھینٹ چڑھادی تھی اسے واپس مل سکتی تھی؟ کیا اس کی عزیز جوانی کسی طرح واپس آسکتی تھی؟

اب انور کی عمر پچاس سال ہے۔ عطیہ اب بوڑھی ہوگئی ہے اور دس بچوں کی ماں ہے۔ اس کی فوجی زندگی کے واقعات اور قید تنہائی کے اثرات بہت کچھ فراموش ہو چکے ہیں اور جو باقی ہیں وہ بھی رفتہ رفتہ فراموش ہورہے ہیں۔ مگر وہ چند رومانی لمحے وہ حسین عطیہ، وہ نور افروز آنکھیں، وہ ازلی مسکراہٹ۔ ان سب کی یادجوں کی توں اس کے دل میں محفوظ ہے۔ کوئی غیر مرئی ہستی پیار بھرے لہجے میں پوچھ رہی ہے۔ "کیوں انور میں تمہاری کون ہوتی ہوں؟" اس کا مرجھایا ہوا چہرہ یکبارگی کھل جاتا ہے۔

وہ گاؤں سے دور اس جگہ دریا کے کنارے آکر بیٹھا کرتا ہے اور انہیں لمحوں کا تصور باندھ کر لطف حاصل کیا کرتا ہے۔ اس وقت یہ لمحے پھیل کر لامتناہی ہوجاتے ہیں۔ آج بھی وہ انہیں لمحوں کی یاد میں محو بیٹھا تھا۔ اور نہ جانے کتنی دیر اسی حالت میں بیٹھا رہتا۔ لیکن ہوا تیز اور سرد ہوگئی۔ وہ ایک سرد آہ بھر کر اٹھا اور اپنے فوجی کوٹ کے ہکوں کو دونوں ہاتھوں سے بند کرتے ہوئے گاؤں کی طرف چل دیا۔

چاند نکل آیا تھا۔ سوکھے پتے ادھر ادھر اڑ کر فضا میں خفیف سا ارتعاش پیدا کررہے تھے اور دور کوئی کھیت کا رکھوالا گا رہا تھا۔

بیریاں دے بیر مک گئے
دس کیہڑے بہانے آواں

●●●

بھاشن

قطار ہر لمحہ چھوٹی ہوتی جارہی تھی۔ اور شانتی کے دل میں امید بڑھتی جارہی تھی۔ اب تو قطار بالکل چھوٹی رہ گئی تھی۔ ایک دو، تین...... اس نے گنا۔ اب اس کے آگے صرف دس آدمی تھے۔ ایک دوکان کے اندر چلا گیا صرف نو رہ گئے۔ اب اسے کھانڈ ضرور مل جائے گی۔

دوپہر ہوگئی تھی۔ وہ صبح آٹھ بجے چینی خریدنے گھر سے نکلی تھی۔ اپنے ننھے بھاشی اور درشی کو پڑوسن کے پاس چھوڑ آئی تھی۔ اور اس وقت سے قطار میں کھڑی تھی، اور ہاتھ میں ایک چھوٹی سی پرچی تھی جو کھانڈ کے ہر ایک متلاشی کو تقسیم کی گئی تھی۔ وہ اس پرچی کو رومال میں بندھے ہوئے نوٹ سے بھی زیادہ احتیاط سے سنبھالے ہوئے تھی۔

یہ سستی چینی کی دکان تھی جسے سرکار نے کھولا تھا۔ گزشتہ ایک ماہ سے چینی نے زینے پھاندنا شروع کیا تھا، اور وہ ہر روز مہنگی ہوتی چلی گئی تھی۔ اور ایک دن اس نے سنا کہ بازار میں چینی بالکل نہیں ملتی۔ اس دن اور اس کے دوسرے دن اس کا خاوند بغیر چائے پیئے دفتر گیا تھا۔ وہ ریزروبینک میں کلرک تھا۔ صبح سویرے دفتر جاتا تھا اور شام کو چھ سات بجے لوٹ کر آتا تھا۔ اسے سو روپے مہینہ تنخواہ ملتی تھی جس پر دو بچے اور میاں بیوی کی گزر بسر ہوتی تھی۔ منوہر لال ہر مہینے کی پہلی تاریخ کو سو روپے لاکر بیوی

کے سپرد کردیتا تھا۔ وہ جیسے چاہے اس سے مہینہ بھر گھر کا خرچ چلائے۔ خاوند اپنے فرض سے سبکدوش ہو جاتا تھا۔

شانتی ہر درمیانے طبقے کی باسلیقہ اور ایثار پسند عورت کی طرح کفایت سے کام لیتی تھی۔ وہ ہر مہینے دالیں بناسپتی گھی کا ایک چھوٹا ڈبہ اور مرچ مسالے کھاری باولی سے ایک ساتھ خرید لاتی تھی۔ اس طرح دو ڈھائی روپے کی کفایت ہو جاتی تھی۔ دو چار آنے کی مزید بچت کرنے کے لیے وہ اکثر پیدل ہی سارا فاصلہ طے کرلیتی تھی ٹرام تک میں سوار نہیں ہوتی تھی۔

اب چینی تیرہ آنے سیر سے پندرہ آنہ، روپیہ، سوا روپیہ اور ڈیڑھ روپیہ سیر ہوگئی تھی۔ ایک دم دگنے پیسے خرچ کرنا اس کے بوتے سے باہر تھا۔ دو تین دن تو بغیر چائے پیئے کٹ گئے۔ چوتھے دن منوہر لال دفتر سے لوٹا تو وہ بہت اُداس تھا۔ اسے آج دفتر میں بڑے بابو کی جھڑکیاں برداشت کرنی پڑی تھیں۔ سارا دن جسم دکھتا رہا تھا۔ اور وہ اچھی طرح کام نہیں کرسکا تھا۔ وہ سمجھتا تھا کہ یہ صبح چائے نہ ملنے کا نتیجہ ہے۔ شانتی کو بھی اس بات سے اتفاق تھا۔ بچوں کے لیے بڑی مشکل سے آدھ سیر دودھ لیتے تھے۔ اس میں سے تولہ تولہ اپنی چائے میں ڈال لیتے تھے اور کون سی غذا تھی جس کے سہارے زندگی بسر ہو۔ جب سے چائے ملنا بند ہوئی تھی۔ وہ خود بھی سست رہتی تھی۔

اپنی تو اسے چنداں پروا نہیں تھی لیکن منوہر لال کو تکلیف برداشت کرنا پڑے یہ اسے گوارا نہیں تھا۔ ہوسکتا ہے کہ دفتر میں سست رہنے کے باعث اسے کام سے جواب مل جائے۔ بیکاری ویسے ہی بڑھ رہی تھی دفتر اور کارخانوں میں چھانٹی کی باتیں وہ اکثر سنتی تھی۔ اگر منوہر لال کو کہیں ملازمت سے جواب مل گیا تو کیا بنے گا؟ یہ مہنگائی اور بیکاری، اس کا دل لرز گیا، اسے غوطہ سا محسوس ہوا، جیسے جس ٹیوب کے سہارے وہ تیر رہی تھی وہ نیچے سے کھسک رہی ہو۔

وہ اس روز گڑ کی شکر خرید لائی تھی لیکن شکر کی چائے منوہر لال کی تو بات ہی کیا اسے خود بھی اچھی نہیں لگی۔ اب سرکار کی طرف سے اعلان ہوا تھا کہ چینی کی تکلیف رفع کرنے کے لیے سستی دوکانیں کھولی گئی ہیں جہاں چینی سوا تیرہ آنے فی سیر ملے گی لہذا بلیک مارکیٹ میں مہنگی چینی خریدنے کی ضرورت نہیں۔

یہ خبر سن کر شانتی کے دل میں ڈھارس پیدا ہوئی اور وہ صبح آٹھ بجے خوشی خوشی گھر سے چل پڑی۔ نئی سڑک قریب تھی۔ سنا تھا کہ وہاں بھی سستی کھانڈ کا ایک ڈپو کھلا ہے۔ وہ اسی کو ڈھونڈ رہی تھی کہ ایک جگہ چند آدمی چینی خریدتے ہوئے نظر آئے۔ وہ بھی جھٹ لینے کے لیے دوڑی لیکن اسے یہ جان کر صدمہ ہوا کہ یہ سستی چینی کا ڈپو نہیں ،بلیک کی دوکان ہے جہاں چینی ڈیڑھ روپے سیر ملتی ہے وہ مایوس ہوگئی۔ پوچھنے پر کسی نے بے رخی سے بتایا کہ اگر سستی چینی خریدنا ہے تو وہاں جا کر قطار میں کھڑی ہو جاؤ۔

چنانچہ وہ قطار میں کھڑی تھی جو پہلے ہی کچھ کم لمبی نہ تھی پھر بھی ہر لمحہ بڑھ رہی تھی اور شیطان کی آنت کی طرح دراز ہوتی جا رہی تھی۔ مردوں کی قطار الگ تھی عورتوں کی الگ۔ سامنے چینی کا ڈپو تھا جو نو بجے کھلتا تھا۔ دکان کے دروازے پر آویزاں سائن بورڈ پر ہندی اور انگریزی حروف میں لکھا ہوا تھا۔ سستی چینی کی دوکان۔ یہ دوکان صبح نو بجے سے بارہ بجے تک اور شام کو چار بجے سے چھ بجے تک کھلتی تھی۔

وہ آٹھ بجے یہاں پہنچ گئی تھی۔ لوگ اس سے پہلے ہی بھاری تعداد میں جمع ہو گئے تھے۔ شاید وہ صبح چار پانچ بجے سے جمع ہونے شروع ہوئے تھے شاید انہیں ساری رات نیند ہی نہ آئی ہو۔ پڑے چینی خریدنے کی اسکیمیں بناتے رہے ہوں۔ بچے، بوڑھے، جوان اور ادھیڑ عمر قطار در قطار کھڑے تھے۔ اور سب کی نظریں دوکان کے بورڈ پر چسپاں تھیں۔ جیسے وہ یقین کر رہے ہوں کہ واقعی وہ ٹھیک جگہ پر کھڑے ہیں ،اور انہیں چینی ضرور ملے گی۔

اس کے علاوہ ان کی آنکھیں کچھ اور بھی دیکھ رہی تھیں۔ گاہے گاہے سفید پوش آدمیوں کے لیے دروازہ آہستہ سے کھلتا تھا۔ وہ اندر جاتے تھے اور ایک بوجھل سا تھیلا لٹکائے لوٹتے تھے۔ قطار میں جمع لوگ مشتبہ نگاہوں سے ان کی طرف دیکھتے رہ جاتے تھے۔ ڈپو کا ایک آدمی جس کے سر پر لمبی سی چوٹی تھی اور لمبے چہرے پر بیل کے کھوپوں جیسا سفید چشمہ تھا، لوگوں کو قطار میں کھڑے کرنے کا کام کر رہا تھا اور جنہیں ابھی تک پرچی نہیں ملی تھی، انہیں چار بجے آنے کا پیغام دے کر لوٹا رہا تھا۔ جب کوئی سفید پوش ہاتھ میں تھیلا لٹکائے دوکان کے اندر سے نکلتا تھا تو لوگ اس عینک باز کی طرف سوالیہ نگاہوں سے دیکھتے تھے اور سرگوشیاں کرتے تھے، ''یہ کیا بات ہے؟'' وہ بڑی بے نیازی سے جواب دیتا تھا— ان کے پاس چینی نہیں دال ہے۔''

''یہ دال ہے۔ کاہے کی؟''

''ارد کی یا ارہر کی—؟''

''ممکن ہے دال بھی میٹھی ہو۔''

لوگ سرگوشیاں کرتے تھے۔ ان سرگوشیوں میں طنز بھرا تھا۔

شانتی بھی قطار میں کھڑی یہ سب کچھ دیکھ اور سن رہی تھی۔ صرف وہی نہیں اور بھی بہت سی عورتیں کھڑی تھیں۔ وہ سب خاموش تھیں۔ کیونکہ جب زبان کھولنا بیکار ہو تو اسے بند رکھنا ہی اچھا ہے۔

آخر نو بجے دوکان کا دروازہ کھلا اور قطاریں سرکنا شروع ہوئیں ایک مرتبہ ایک آدمی مردوں کی قطار سے اور دوسری مرتبہ ایک عورت عورتوں کی قطار سے اندر جاتی تھی اور ایک سیر چینی لے کو لوٹ آتی تھی۔ یوں آہستہ آہستہ قطاریں سرک رہی تھیں اور سب سے پیچھے کھڑے آدمی کے دل میں بھی امید کی کونپل پھنپ رہی تھی۔

اچانک دو چار مرتبہ ہلچل سی پیدا ہوئی۔ مردوں کی قطار میں ہنگامہ ہوا۔ کچھ لوگ

عینک باز سے اس لیے جھگڑ رہے تھے کہ اس نے کسی جان پہچان کے آدمی کو جو ابھی آیا تھا، قطار میں آگے کھڑا کر دیا ہے۔ جھگڑے کے باوجود آدمی کو قطار سے نکالا نہیں گیا۔ عینک باز نے بالکل انجان اور غیر جانبدار بن کر آدمی کو ایک دو دھکے دیئے۔ لفظی طور پر فہمائش کی اور پھر وہیں کھڑا رہنے دیا۔

قریب ہی پولس سے بھرا ہوا ایک ٹرک کھڑا تھا۔ ایسے موقع پر عینک باز کی نگاہیں سپاہیوں کی طرف اُٹھ جاتی تھیں۔ اور لوگ ان نگاہوں کا مطلب سمجھ کر چپ ہو جاتے تھے۔ یہ واقعہ ایک مرتبہ نہیں کئی مرتبہ دہرایا گیا۔ نیا آنے والا آدمی کبھی کسی پولس کے سپاہی کا واقف ہوتا اور کبھی اس عینک باز کا۔

"یہ انتظام ہے یا اندھیر گردی؟"

قطار میں سے کسی جی جلے کی آواز نکلتی اور کوئی ظریف طبع مسکرا کر جواب دیتا۔

"ہاں بھئی اندھیر نگری چوپٹ راجا کی کہانی بچپن میں سنی تھی اور اب آنکھوں دیکھ رہے ہیں۔"

نو، دس اور گیارہ بج گئے۔ جو لوگ پہلے سایہ میں کھڑے تھے انہیں اب دھوپ جلا رہی تھی۔ جیسے جیسے تپش بڑھ رہی تھی لوگوں کا اضطراب بڑھ رہا تھا۔ سرگوشیاں زیادہ ہو رہی تھیں۔ پاؤں کھڑے کھڑے تھک گئے تھے۔ ٹانگیں لرز رہی تھیں۔ پاؤں بدلتے بدلتے عاجز آ گئے تھے۔ لیکن پانی پینے جائیں تو جگہ چھن جانے کا اندیشہ تھا۔ اس لیے من مار کر قطار میں کھڑا رہنا پڑتا تھا۔ آئس کریم والے چکر لگا رہے تھے۔ اُن کی آوازیں دو پیسے، چار پیسے، دو آنے، کھوئے ملائی کی آئس کریم، کانوں میں چبھ رہی تھیں۔ دھوپ کی شدت سے گھبرائے ہوئے لوگ للچائی ہوئی آنکھوں سے اُن کی طرف دیکھتے تھے۔ غیر ارادی طور پر دل میں تحریک پیدا ہوتی تھی۔ اور آخر عملی صورت میں ظاہر ہو جاتی تھی۔

شانتی نے بھی کئی مرتبہ ان آئس کریم بیچنے والوں کی طرف دیکھا۔ اسے ان پر غصہ آتا تھا۔ آوازیں بھیانک معلوم ہوتی تھیں۔ کئی مرتبہ اس کے دل میں بھی تحریک پیدا ہوئی جسے اس نے قوت ارادی کے بل سے دبا دیا۔ قطار میں کھڑے کھڑے آئس کریم چوسنا چھچھوراپن معلوم ہوتا تھا۔ مگر دھوپ بڑھ رہی تھی اس کے دل کی جلن بھی بڑھ رہی تھی۔ جسمانی تکان آدمی کے لیے بے دلی اور اضطراب کا باعث بن جاتی ہے۔ شانتی کو اب بار بار بچوں کا اور گھر کا خیال آتا تھا۔ بھاشی ہاتھ پاؤں پٹکتا ہوگا۔ بھوک سے چلاتا ہوگا۔ اس کا خیال تھا کہ نو دس بجے تک لوٹ آئے گی۔ بچہ اتنا عرصہ بھوکا کیسے رہے گا۔ باہر کا دودھ بھی ابھی نہیں لگا۔ صرف ماں کے دودھ پر گزارہ ہے۔ اس کی چھاتیاں ایک دم بوجھل ہوگئیں۔ جیسے ان میں منوں دودھ بھر آیا ہو۔

مگر وہ مجبور تھی۔ اتنا وقت ضائع کیا ہے۔ اب تو کھانڈ لے کر ہی گھر لوٹے گی جو اسے ضرور مل جائے گی۔ کیونکہ اس کے آگے قطار بہت چھوٹی ہوگئی تھی اور جلد اس کی باری آنے والی تھی۔ اسی وقت اس کے آگے کھڑی ادھیڑ عمر عورت نے آئس کریم خریدی اور اسے بچوں کی طرح چوزنے لگی۔ اس نے اس عورت کی طرف قدرے حقارت اور بے اعتنائی سے دیکھا اور منہ دوسری طرف پھیر لیا۔

''آئس کریم دو پیسے،...... چار پیسے۔''

''اور ایک دو پیسے والی مجھے بھی دے دے''۔ اک دوسری عورت نے مطالبہ کیا۔

اب شانتی سے بھی نہ رہا گیا۔ اس کی زبان سوکھ رہی تھی۔ اور اسے گھر کا اور بچوں کا خیال ستا رہا تھا۔ اس نے بھی جھٹ رومال کی گانٹھ کھول کر دو پیسے نکالے۔ شرماتے اور جھجکتے ہوئے آئس کریم خرید لی۔ جانا پہچانا کوئی بھی آدمی وہاں موجود نہیں تھا مگر وہ اپنے ہی آپ سے جھینپ رہی تھی۔

آئس کریم میٹھی تھی اس میں کھویا ملائی کچھ نہیں تھا۔ مگر وہ ٹھنڈی تھی۔ اس کے

ہونٹوں اور زبان کو تر کر رہی تھی۔ دل کو ٹھنڈک پہنچا رہی تھی۔ وہ اسے بچوں کی طرح چوسنے کی بجائے بڑے بڑے ٹکڑے توڑ کر چبا گئی۔ اسے اپنے ہاتھ میں آئس کریم ایسی معلوم ہو رہی تھی۔ جیسے یہ کوئی شاپ یا کلنک ہو۔

اسے جھٹ پٹ ختم کر کے اس نے ایک نظر دوکان کے بورڈ پر ڈالی اور ہندی میں لکھے ہوئے الفاظ پڑھے—

"سستی چینی کی دوکان"

اس کے منہ کا ذائقہ میٹھا اور سرد تھا۔

ایک دو تین— دس گیارہ بارہ...... اس نے اپنے آگے کھڑی ہوئی عورتوں اور لڑکیوں کو گنا۔ اسے ان عورتوں پر قدرے غصہ آیا جو اپنے ساتھ چھ چھ سات سات سال کی بچیوں کو بھی گھسٹ لائی تھیں۔ گویا ایک ہی دن چینی خرید کر گھر بھر لیں گی۔ اس کے پاؤں تھک گئے تھے اور پیشانی سے پسینہ بہ رہا تھا جسے وہ بار بار پونچھ لیتی تھی۔ اگر ان کی قطار میں اس قدر چھوٹی لڑکیاں نہ ہوتیں تو وہ کبھی کی چینی لے کر گھر لوٹ گئی ہوتی۔

دھوپ ہر لحہ تیز ہوتی جا رہی تھی۔ تپش کے مارے لوگوں کا برا حال تھا۔ پولس کے سپاہی ٹرک لے کر چلے گئے تھے۔ شاید اب کسی ہنگامے کا احتمال نہیں رہ گیا۔ بھیڑ چھٹ چکی تھی۔ جو لوگ قطار میں کھڑے تھے وہ آرام سے اپنے نمبر پر چینی حاصل کر رہے تھے۔ دونوں قطاریں بہت چھوٹی رہ گئی تھیں۔ اس لیے ہر ایک کو چینی مل جانے کی امید ہی نہیں بلکہ یقین ہو گیا تھا۔

ایک دو تین— نو، دس...... اور اب دسویں عورت بھی دکان میں چلی گئی۔ صرف نو رہ گئیں۔ ان کے بعد شانتی کا نمبر آئے گا۔ اس نے قدم آگے بڑھایا چینی ملنے کے خوشگوار تصور سے اس کی آدھی سے زیادہ تکان رفع ہو گئی۔

ڈپو کے ارد گرد سہ منزلے، چار منزلے اُونچے اُونچے مکان تھے۔ چند گز کے فاصلے پر بڑے دروازے والا جو مکان تھا وہ سب سے زیادہ عالیشان معلوم ہوتا تھا۔ اس کا بارجہ آگے کو بڑھا ہوا تھا۔ گاہکوں کی قطار اس کے نیچے تک چلی گئی تھی۔ اس کے بغل میں ڈیڑھ روپے سیر چینی بک رہی تھی۔ انہی مکانوں کی بلند عمارتوں کے باعث وہ اتنا عرصہ دھوپ سے بچ رہے تھے۔ مگر اس وقت تو وہ سائے بھی دُور رہ گئے تھے سامنے سے چلچلاتی دھوپ سروں پر پڑ رہی تھی۔ اور اونچے مکان میں ریڈیو پر ریکارڈ گائے جا رہے تھے۔ وہ گورا گورا چلا گیا......

شانتی نے ایک دن چھٹی کے روز اپنے خاوند کے ساتھ وہ فلم دیکھی تھی جس میں یہ گیت گایا گیا تھا۔ سارا منظر اس کی آنکھوں میں گھوم گیا۔ گورا گورا انگریز چلا گیا اور اس کے بعد ترنگا جھنڈا لہرا اُٹھا اور بس یہی ان کی آزادی ہے۔ منوہر لال نے طنزاً کہا تھا۔

ریڈیو پر ریکارڈ بدل گیا۔ شانتی نے بھی خیالات کے دھارے کو بدلا۔ اس کی نگاہیں سائن بورڈ پر مرکوز تھیں اور روح صرف دو لفظوں کے گرد منڈلا رہی تھی سستی چینی۔ یہ الفاظ راحت بخش تھے۔ ان میں ایک جادو تھا، کشش تھی، اور مٹھاس تھی۔

دو، تین، چار، پانچ۔

شانتی کا دل بلیوں اچھل پڑا۔ صرف پانچ آدمی رہ گئے۔ لو وہ پانچواں بھی لوٹ آیا۔ اب چوتھا آدمی اندر جائے گا تو اس کا اپنا نمبر چوتھا ہو جائے گا۔ اور چار آدمیوں کو دیر بھی کیا لگتی ہے۔

لیکن......لیکن چوتھے آدمی کو اندر گھسنے کی اجازت نہیں ملی۔ دوکان کا دروازہ ایک دم بند ہو گیا، لوگ اس کی طرف دیکھتے رہ گئے۔ دروازے اور دیوار میں کوئی فرق دکھائی نہیں دیتا۔ بورڈ اب بھی اپنی جگہ پر آویزاں تھا۔ اور اس پر ''سستی چینی کی دکان'' کے الفاظ جلی حروف میں لکھے ہوئے تھے۔

شانتی کا سر چکرانے لگا۔ وہ پیشانی کو ہاتھ سے تھام کر دیوار کے قریب بیٹھ گئی۔ دس پندرہ منٹ تک اس پر سکتے کی سی حالت طاری رہی۔ وہ کچھ دیکھ نہیں سکی۔ جیسے چار گھنٹے کی ساری تکان آنکھوں میں کھنچ آئی ہو اور بینائی غائب ہوگئی ہو۔

آخر وہ ہمت کر کے اُٹھی تین چار مرد اور عورتیں اب بھی وہیں کھڑی تھیں۔ اور پھٹی پھٹی نگاہوں سے سستی چینی کی دوکان کی طرف دیکھ رہی تھیں۔ ان کا نمبر شانتی سے بھی پہلے تھا۔ وہ اب خالی ہاتھ کیسے لوٹ جائیں؟ شاید وہ چار بجے تک دوکان کے دوبارہ کھلنے کا انتظار کریں گے۔

مگر شانتی! شانتی کے بچے گھر پر رو رہے تھے۔ اس کی چھاتیاں بوجھل ہوگئی تھیں۔ اس کے لیے زیادہ ٹھہرنا ممکن نہیں تھا۔ وہ چل پڑی۔ پاؤں مشکل سے اُٹھتے تھے۔ پھر بھی وہ چل رہی تھی۔ بچے اسے گھر کی طرف کھینچ رہے تھے۔

اُونچے مکان پر ریڈیو بدستور چل رہا تھا، اس پر اب بھارت سرکار کے پردھان منتری کا بھاشن سنایا جارہا تھا۔ جس میں انہوں نے لوگوں کو نیک مشورہ دیا تھا کہ وہ مہنگی چیزیں مت خریدیں۔

شانتی نے اور سستی چینی کی دوکان کے سامنے کھڑی دوسری عورتوں نے یوں ناک سیکٹرلی جیسے انہوں نے کوئی گالی سنی ہو۔ جیسے چیزوں کی گرانی کی ذمہ داری منافع خوروں اور بلیک مارکیٹ کرنیوالوں پر نہیں بلکہ لوگوں پر ہے جو چیزیں خواہ مخواہ مہنگی خریدتے ہیں۔

دھوپ سہتے سہتے یہ لوگ اتنے پریشان ہوگئے تھے کہ ان کے چہروں پر اب غصے کے نشان بھی نظر نہیں آتے تھے۔

شانتی کو لوٹتے وقت پھر خاوند کا خیال آیا۔ وہ کل کس طرح دفتر سے آتے ہی چار پائی پر گر پڑا تھا۔ اسے بڑے بابو کی جھڑکیاں سہنی پڑی تھیں۔ چائے نہ ملے تو وہ کام

ڈھنگ سے نہیں کر سکتا۔ اور کام نہ کر سکنے کا نتیجہ شانتی کو غوطہ سا محسوس ہوا۔ جیسے اس کے نیچے سے وہ ٹیوب نکل گئی ہو جس پر وہ تیر رہی تھی۔

عالیشان مکان کی بغل میں چینی بارہ بجے بعد بھی بدستور بک رہی تھی۔ شانتی نے آگا پیچھا کچھ نہیں دیکھا۔ جا کر کپڑا بچھا دیا۔ اس وقت اسے سیر بھر چینی کی قیمت ڈیڑھ روپے کی بجائے پونے دو روپے ادا کرنی پڑی۔ لیکن اسے اب پیسوں کا رنج نہیں تھا، صرف بھارت کے پردھان منتری کا بھاشن یاد آرہا تھا—

''مہنگی چیز مت خریدو۔''

●●●

بھائی

دونوں بھائی آمنے سامنے بیٹھے ہیں۔ہاں، وہ دونوں بھائی ہیں۔لیکن ان کے دل میں جو جذبات امڈ رہے ہیں۔ان میں زندگی اور موت کا تضاد ہے۔ جو اس بات کی دلیل ہے کہ ان میں کوئی بھی بات مشترک نہیں۔اگر چہ دونوں نے زندگی کا آغاز ایک ہی مرکز ـــــ ایک ہی نکتہ سے کیا تھا۔لیکن وہ تکون کے دو بازوؤں پر چلتے ہوئے اس کے دو مختلف کونوں پر پہنچ گئے ہیں اب ان کے درمیان تیسرا بازو ایک طویل فاصلہ حائل ہے اگر ایک شمال مغربی کونے پر کھڑا ہے تو دوسرا جنوب مغربی پر۔اور وہ دونوں زندگی کو اپنے اپنے سطح نظر کے مطابق مختلف زاویوں سے دیکھ رہے ہیں۔

اس اختلاف کے باعث ان میں ابھی ابھی تکرار ہوئی ہے۔ چند گرم اور تلخ فقرے کہہ سن لینے کے بعد وہ چپ بیٹھے ہیں۔چپ بیٹھے ہیں کیونکہ آگے کچھ کہنے کی گنجائش ہی نہیں۔سمجھوتے کا ہر امکان ختم ہو چکا ہے۔

مول چند بڑا بھائی ہے۔دھوتی کھلی آستین کا مہین کرتہ، دو گرہ کپڑے کی سفید ٹوپی اس کی مستقل پوشاک ہے۔گال پچکے ہوئے ہیں، جسم پتلا دبلا اور کمزور ہے۔عمر پینتیس سال ہوگی۔لیکن بڑھاپا جلد جلد آرہا معلوم ہوتا ہے۔کیونکہ چہرے پر آدھ آدھ انچ لمبے بال سوئیوں کی طرح کھڑے ہیں، ان میں سے نصف کالے اور نصف سفید ہیں۔

شام ہو چلی ہے وہ گدی پر بیٹھا گلے سے نوٹ نکال نکال کر گن رہا ہے۔ یہ اس

کی دن بھر کی بکری ہے۔ رات کو دوکان بڑھانے تک پانچ دس روپے اور بھی آ جائیں گے۔ جوں جوں گلے میں پیسوں اور نوٹوں کی مقدار بڑھتی رہتی ہے۔ مول چند کو اپنی گدی اُوپر اٹھتی ہوئی معلوم ہوتی ہے۔ اس کا نحیف اور کمزور جسم بھی اُوپر اُٹھتا ہے۔ وہ نوٹوں کو گلے میں واپس رکھتے ہوئے چہرے کو کچھ اس انداز سے جنبش دیتا ہے کہ اوپر چھت کے قریب چنے ہوئے رنگ کے ڈبوں اور اپنے سامنے رکھی ہوئی چائے کی پڑیوں، صابون کی ٹکیوں، دیا سلائی کے گرسوں، ترازو اور بٹے ہر ایک چیز کو ایک ہی نظر میں دیکھ جاتا ہے۔ ہونٹوں پر پھر وہی مسکراہٹ نمودار ہوتی ہے۔ اور وہ لکڑی کے کیس میں ٹائم پیس نکال کر چابی دیتا ہے۔

جب وہ صبح دن نکلتے ہی دوکان پر آ کر بیٹھتا ہے، اس وقت اس ٹائم پیس کو سامنے صندوقچی پر رکھ لیتا ہے۔ جتنی مرتبہ اس کی سوئیوں پر نظر پڑتی ہے۔ اتنی ہی مرتبہ گلے میں نگاہ ڈال کر نوٹوں کی مقدار کا اندازہ بھی لگاتا ہے۔ ٹائم پیس باقاعدہ چلتا ہے اور باقاعدگی کے ساتھ چوبیس گھنٹے میں ڈیڑھ گھنٹہ آگے ہو جاتا ہے مول چند ہر بارہ گھنٹے کے بعد یعنی صبح اور شام اسے ۴۵ منٹ پیچھے کر دیتا ہے۔ شام کو عام طور پر جب وہ منہ ہاتھ دھو کر جوت جگاتا ہے اور دیوی کی پوجا کرتا ہے، اُس وقت گلے کے پیسے گن کر ٹائم پیس کو چابی دیتا ہے اور اس کی سوئیوں کو پیچھے گھماتا ہے۔ جس روز بکری کچھ کم ہو اس روز سوئیاں پیچھے گھمانا اس کی عادت بن چکی ہے۔ جیسے یہ کام بھی پوجا ہی کا ایک حصہ ہو، جیسے اسے اس سے کوئی راحت حاصل ہوتی ہو۔ اس لیے وہ ٹائم پیس کو درست کرانے کی ضرورت نہیں سمجھتا۔

اٹھارہ سال پہلے چار پانچ سو روپیہ کے سرمایہ سے اس نے یہ دوکان شروع کی تھی۔ اب اس میں ہزاروں روپے کا مال ہے۔ اور اس نے ہزاروں روپے نقد کمائے ہیں۔ جب وہ بکری کی رقم گن کر بھری پوری دوکان کو دیکھتا ہے تو ان اٹھارہ سال کی

زندگی کا ہر لمحہ مجسم ہو کر اس کے سامنے دست بستہ آ کھڑا ہوتا تھا۔ انہی لمحات کو اس نے رنگ کے ڈبوں، باداموں کی بوریوں اور چائے کی پیٹیوں میں تبدیل کیا ہے۔ انہی لمحات کو اس نے چمکدار روپے سکوں میں ڈھالا ہے۔ ان سکوں میں سے اس نے جو بیوپار میں لگائے تھے یا بیاج پر اٹھائے تھے وہ تو بڑھتے ہی تھے لیکن حیرت کی بات یہ ہے کہ جو زمین میں دبا کر رکھے تھے وہ بھی بڑھ گئے کیونکہ جنگ کے دنوں میں جب چاندی کا روپیہ بننا بند ہو گیا تو اس نے اپنا مدفون روپیہ نکالا اور سوائی قیمت پر فروخت کر دیا۔ یہ ایک معجزہ تھا اور ایسے ہی معجزوں کی بدولت جو کبھی دس روپے ماہوار پر ملازم تھا آج اتنی بڑی دوکان کا مالک ہے۔

وہ گدی پر بیٹھ کر سودا تولتا ہے اور چھوٹا بھائی نوہر چند مطلوبہ شے اندر سے نکال کر لانے کا کام کرتا ہے۔ لیکن جب اسے کسی کام سے دوکان چھوڑ کر جانا ہوتا ہے تو نوہر چند خود ہی سودا تولتا ہے اور گاہکوں سے بھاؤ بھی طے کرتا ہے۔ مول چند لوٹ کر اس کے کام کی تفصیل پوچھتا ہے۔ اور اس کے کیے میں نقص نکال کر برس پڑتا ہے۔ عقل بھی ہے کر دگے کمائی۔ میں نہ ہوں تو سب چوپٹ ہو جائے۔ بعض مرتبہ یہ فقرے کہنے کے لیے ہی نقص نکالا جاتا ہے۔

سب کچھ چوپٹ ہونے سے بچانے کے لیے ہی وہ ایک ایک پیسہ دانتوں سے پکڑتا ہے، گھر کا خرچ سوچ سمجھ کر چلاتا ہے۔ دوپہر کی روٹی کے ساتھ سبزی بنتی ہے۔ اس کے چار پیسے روزانہ باندھ رکھے ہیں۔ سبزی خریدنا نوہر چند کا کام ہے۔ جو چاہے خریدے۔ لیکن چار پیسے سے زیادہ خرچ کرنے کی اسے اجازت نہیں۔ اگر کبھی ناغہ ہو جائے تو بہتر— جنگ سے پہلے چیزیں سستی تھیں تو ایک پیسے روزانہ میں کام چل جاتا تھا۔ دوکان کی قیمتوں کی چیزیں بھی بڑھ گئی ہیں۔ منافع بھی بڑھ گیا ہے لیکن اسی تناسب سے خرچ میں بھی اضافہ ہوا ہے لیکن اسی تناسب سے خرچ میں اضافہ دانشمندی

کے منافی ہے۔ سبزی وغیرہ پر پیسے ضائع کرنے سے فائدہ؟ پیٹ ہی تو بھرنا ہے۔ اور وہ سبزی سے نہیں روٹی سے بھرتا ہے۔ شام کو بلاناغہ مونگ کی دال بنتی ہے۔ اور وہ دوکان سے بھیج دی جاتی ہے۔ اس کے علاوہ اور کوئی خرچ نہیں۔ وہ بڑے فخر سے کہتا ہے۔ مجھے لوگوں کی طرح بازار میں کھڑے ہو کر چٹ چاٹنے سے نفرت ہے۔ چٹ چاٹنا تو درکنار وہ تو بازار کے دودھ دہی تک سے پرہیز کرتا ہے۔

ایک مرتبہ نوہر چند نے دیوالی کے روز جوا کھیلا — اور وہ سو پچاس روپے ہگاڑ آیا۔ یہ بات سنتے ہی مول چند کے پاؤں تلے سے زمین سرک گئی اسے زبردست دھکا لگا — منہ ذرا سا نکل آیا — جیسے ڈیڑھ دو ماہ سے بیمار ہو۔ وہ ماں کے پاس جا کر رو دیا — اور بڑے رقت انگیز لہجے میں کہا — میں اکیلا کماتا ہوں یہ سب سالے ضائع کرتے ہیں۔ کسی کو ذرا عقل نہیں۔ گھر کھونے کو پیدا ہوئے ہیں۔

وہ دو ہفتے تک نوہر چند سے سخت ناراض رہا۔ دوکان کا تو سوال ہی کیا گھر تک میں گھسنے نہیں دیا۔ ماں اور دوسرے لوگوں کے سمجھانے پر کہتا — میں اس سالے چمار کا منہ بھی نہیں دیکھوں گا۔ آخر جب اکیلے دوکان کا کام نہ چل سکا تو اسے پھر بلانا پڑا۔ اور بلانے سے پہلے چار آدمیوں کے روبرو وعدہ لیا کہ اس طرح کا نیچ کام پھر کبھی نہیں کرے گا۔

تارا چند منجھلا بھائی ہے۔ نوہر چند سے بڑا اور خود اس سے چھوٹا۔ جن دنوں وہ پنساری کی دوکان پر ملازم تھا، تارا چند نے بھی انہی دنوں باپ کی غریبی سے تنگ آ کر گھر چھوڑ دیا تھا۔ لیکن کسی کی ملازمت کرنے کی جگہ وہ محنت مزدوری کرتا اور پڑھتا رہا۔ تعلیم حاصل کرنے کی اس کے سر پر کچھ ایسی دھن سوار ہوئی۔ کہ پھٹے حال رہنے اور فاقے کرنے کے باوجود اس نے پڑھنا جاری رکھا۔ جب وہ مڈل پاس کر کے ہائی اسکول میں داخل ہوا تو مول چند نے کچھ ماہانہ امداد کرنے کا وعدہ کیا۔ لیکن وہ اپنا وعدہ ایک ماہ سے زیادہ نہ نبھا سکا۔ اس کے بعد تارا چند کو پھر اپنے حال پر چھوڑ دیا۔ یہاں

تک کہ وہ ایک مرتبہ چھٹیوں میں اپنے گھر آیا تو اس کے پاؤں میں جوتا نہیں تھا۔ مول چند نے کہا کہ جا کر خود بنوالے۔ حالانکہ مول چند اس وقت دوکان کا مالک تھا۔

اسے مصیبتیں اٹھاتے دیکھ کر مول چند کو ترس ضرور آتا۔ جب وہ دسویں جماعت کا امتحان دینے کے بعد اپنے ہیڈ ماسٹر کی مہربانی سے رائے کوٹ گورو کل میں ۲۵ روپے ماہوار پر ماسٹر بھرتی ہوا۔ تو اس نے تاراچند کو لاکھ سمجھایا کہ قسمت سے موقع ملا ہے آگے پڑھنے کا خیال چھوڑ کر ماسٹری کرتا رہے، آہستہ آہستہ ترقی ہو جائے گی۔ پھر اس زمانے میں پچیس روپے ماہوار تنخواہ کون سی تھوڑی ہے۔

تاراچند بچپن سے ضدی تھا۔ اس نے بھائی کی نصیحت پر عمل نہیں کیا اور ۲۵ روپے ماہوار کی ملازمت چھوڑ کر نتیجہ نکلتے ہی کالج میں داخل ہو گیا۔

کالج میں رہ کر اسے پہلے سے بھی زیادہ تکلیفیں برداشت کرنا پڑیں۔ لیکن اس نے پڑھائی سے منہ نہیں موڑا، جوں توں کر کے بی اے پاس کیا۔ اور اس دوران میں اس کے سر پر جانے کیا بھوت سوار ہو گیا۔ وہ کچھ بہکی بہکی باتیں کرتا، جو مول چند کی سمجھ میں بھی نہ آتی تھیں۔ اسے پیسے سے نفرت تھی۔ پیسے والوں سے نفرت تھی۔ وہ کہتا۔۔۔ کہ حکومت اور سماج کا یہ سارا سلسلہ جب تک بدل نہیں جائے گا۔ انسان کے لیے ترقی ممکن نہیں۔

مول چند ایک بار پھر اس کے آڑے آیا اور نصیحت کی۔ اس طرح کی باتیں کرنے والے جیل میں ٹھونس دیے جاتے ہیں تمہیں کیا پڑی۔ دنیاداری کی بات کرو۔ باپ کا سایہ سر پر سے اُٹھ گیا ہے۔ سب بھائی مل کر کمائیں گے تو چار پیسے پاس ہوں گے۔ گھر بسے گا۔ عزت ہوگی۔ بنا پیسے دنیا میں کوئی نہیں پوچھتا۔

تاراچند نے اس مرتبہ بھی بھائی کی نصیحت پر کان نہیں دھرا۔ وہ دو تین سال تک جلسے جلوسوں میں اِدھر اُدھر بے کار گھومتا رہا۔ اور بہکی بہکی باتیں کرتا رہا۔ لیکن کب

تک؟ آخر جیسا کہ مول چند نے پہلے ہی کہہ دیا تھا۔ حکومت نے اسے گرفتار کر کے جیل میں ڈال دیا۔ اور وہ چار سال تک پڑا اسڑتا رہا۔

رہائی کے چھ سات روز بعد مول چند کو اس کا خط ملا۔ جس میں لکھا تھا۔ میں لاہور میں نظر بند ہوں۔ ایک اخبار کے دفتر میں دو سو روپے ماہوار پر نوکری کر لی ہے۔ مول چند خوشی سے پھولا نہیں سمایا، لوگ اکثر تارا چند کی تعریف کرتے —— اس کے لیکچروں اور تحریروں میں فقرے دوہرا کر قابلیت کی داد دیتے —— لیکن مول چند کو پہلی مرتبہ بھائی کی ذات پر فخر محسوس ہوا اور اس نے جانا کہ وہ واقعی قابل اور عقلمند ہے اگر بازار میں قیمت نہ پڑے تو قابلیت کس کام کی؟

اسی سال تارا چند کا بیاہ دھوم دھام سے ہوا۔ لوگ مبارکباد پیش کرتے —— تو مول چند از سر تا پا مسکرا اُٹھتا —— وہ اٹھارہ سال سے متواتر اپنے بیاہ کی کوشش کر رہا تھا۔ نوکری چھوڑنے کی ایک وجہ یہ بھی تھی کہ دوکان کا مالک بنے گا تو بیاہ جلد ہو جائے گا۔ وہ مالک ہی نہیں بنا۔ روپیہ بھی خوب کمایا۔ لیکن بیاہ کی حسرت دل ہی دل میں رہی، بھائی کا بیاہ ہوا تو اسے مبارکباد تو ملی۔ یہی غنیمت ہے۔ شاید اس کے ارمان بھی پورے ہوں —— کیا چھوٹے بھائی کے بعد بڑے بھائی کی شادی نہیں ہو جاتی؟

اور جس وقت وہ ٹائم پیس کی سوئیوں کو اُلٹا گھماتا —— تو اس کے دل کے کسی کونے میں یہ ارمان بھی موجود ہوتا —— پھر وہ دیوی کی پوجا کرتا تھا۔ اسے معجزوں پر اعتقاد تھا۔ ممکن ہے کہ چہرے کے سفید بال یکا یک سیاہ ہو جائیں —— اور گالوں پر رونق نظر آنے لگے۔

تین چار سال اور گذر گئے۔ وہ گھڑی کی سوئیوں کو متواتر اُلٹا گھماتا رہا۔ بعد

عقیدت پوجا کرتا رہا۔ لیکن وہ جوان ہونے کی جگہ بوڑھا ہوتا گیا۔ گال اندر کو اور پچک گئے، سفید بال بکثرت نظر آنے لگے۔ آخر اس نے بیاہ کا ارمان ہی دل سے نکال دیا اور اڑوسی پڑوسیوں سے کہنے لگا۔ ہمارا کیا ہے، ہم صرف کماتے ہیں کھانا خرچنا ان کا کام ہے۔

اب وہ بے غرض اور بے لوث زندگی بسر کر رہا ہے۔ اسے صرف تارا چند اور نوہر چند کے مستقبل کا خیال ہے۔ اُن کی زندگی کو بہتر بنانا مقصود، اس لیے نصیحت کرنے کا اسے پہلے سے بھی زیادہ حق حاصل ہے۔

نوہر چند تو پہلے سے بہت کچھ سدھر گیا ہے۔ جب وہ خود دکان پر نہیں ہوتا، سارا کام خوش اسلوبی سے سنبھال لیتا ہے۔ گاہکوں کی باتوں میں آکر رتی بھر نقصان نہیں اُٹھاتا۔ پہلے جو کبھی کبھار پیسے بگاڑ دینے کی لت تھی وہ بھی اس نے چھوڑ دی ہے۔ سب کام مول چند کی مرضی کے مطابق کرتا ہے۔ اس کے دل میں بھی پیسے کا پیار پیدا ہو گیا ہے۔

لیکن بیاہ ہو جانے کے باوجود تارا چند نے اپنا رویہ نہیں بدلا۔ ملک کی تقسیم کے باعث وہ لاہور سے دہلی آ گیا ہے اور پہلے سے بھی زیادہ بہکی بہکی باتیں کرتا ہے۔ اسے اب بھی پیسے سے نفرت ہے، پیسے والوں سے نفرت ہے۔ وہ اب بھی کہتا ہے کہ جب تک یہ حکومت اور یہ سماج نہیں بدلے گا انسان کے لیے ترقی ممکن نہیں۔

مول چند کو امید تھی کہ کانگرس کا راج آیا ہے، تارا چند نے جیلیں کاٹی ہیں، اسے بھی کوئی اچھا سا عہدہ ملے گا — لیکن اس کے سر پر تو خبط سوار ہے۔ جس دفتر میں پہلے کام کرتا تھا اسے بھی چھوڑ دیا ہے۔ حالانکہ وہاں اب سوا تین سو تنخواہ ملنے لگی تھی۔ اب ایک نئے اخبار میں کام شروع کیا ہے۔ وہاں صرف ڈیڑھ سو روپے ماہوار ملتے ہیں۔ مول چند نے اس پاگل پن کا سبب پوچھا تو وہ بڑی بے نیازی سے بولا: ''تنخواہ کا کیا ہے۔ ہم جس مستقبل کے خواب دیکھتے ہیں یہ اخبار اسے نزدیک لانے میں مدد دے گا۔''

صرف تنخواہ ہی کی بات نہیں اس دفتر میں کام کرتے رہنے سے جو خطرہ لاحق تھا۔ مول چند اسے بھی سمجھتا تھا اس لیے ماں سے کہلایا۔ اور اس کی بیوی کو سکھایا کہ وہ اسے وہاں سے ہٹانے کی کوشش کرے لیکن کسی کے کہے سنے کچھ نہ بن سکا۔ اس کے دل میں پیسے کا پیار پیدا نہیں ہوا۔ وہ جس راہ پر چل رہا تھا۔ چلتا رہا۔

تھوڑا عرصہ بعد کانگرس حکومت نے ان لوگوں کو گرفتار کرنا شروع کر دیا۔ جو ہڑتالوں میں مزدوروں کا ساتھ دیتے تھے جو کانگرسی آزادی کو جھوٹی آزادی بتاتے تھے ، جو دیس بھگتوں کے خلوص پر شک کرتے تھے اور ان پر انگریز سے سمجھوتے بازی کا الزام لگاتے تھے۔ مول چند نے گرفتاریوں کی بات سنتے ہی بھائی کو خط لکھوایا۔

ماں کو اور ہم سب کو بڑی فکر ہو رہی ہے۔ آدمی کو اپنا نفع نقصان سوچ کر کام کرنا چاہیے۔ اِدھر اُدھر ہو جانے میں کوئی ہرج نہیں ہم تمہارے بھلے کی کہتے ہیں ، آگے تمہاری مرضی ...... تارا چند نے اتنا ہی پڑھا اور خط کو پھاڑ کر پھینک دیا۔

اس خط کے ایک ماہ بعد وہ گھر آیا ہے۔ حالات پہلے سے زیادہ نازک ہو گئے ہیں۔ وہ کسی بھی وقت گرفتار ہو سکتا ہے۔ گرفتار ہونا معمولی بات ہے۔ تارا چند اس سے کہیں زیادہ خطرہ مول لینے کو تیار ہے کیونکہ وہ جانتا ہے کہ انقلاب کے لیے جیل جانا ہی کافی نہیں۔

وہ جب گاڑی میں سوار ہوا تو اس کے ذہن میں اس انقلاب کی تصویر تھی۔ جو وقت کی تیزی کے ساتھ بڑھتا آ رہا تھا۔ جو ہزاروں مسرتوں کا پیش خیمہ تھا۔

انقلاب میں اور اس کی زندگی میں کوئی گہرا ربط ہے۔ تبھی تو یہ تصویر سامنے آتے ہی اسے اپنے تجربات یاد آنے لگتے ہیں۔ وہ کس طرح سخت مزدوری کر کے پڑھتا رہا۔ کس طرح سیاسیات میں حصہ لینا شروع کیا۔ ان دونوں باتوں میں کوئی فرق محسوس

نہیں ہوتا— جیسے سیاست اس کی مشکلات سے پیدا ہوئی ہو۔

اپنے ماضی سے— جس کا ہر لمحہ جدو جہد میں گزرا ہے۔ جس نے اسے یہ قوت بخشی ہے، جس نے ایک شاندار اور عظیم مستقبل کی تعمیر کی ہے— رشتہ توڑ لینا اس کے لیے خودکشی کے مترادف ہے اور خودکشی وہ شخص کرتا ہے جس کی امید نا امیدی میں بدل چکی ہو، جس کا مستقبل سے بھروسہ اُٹھ گیا ہو۔

یہاں پہنچ کر نہ جانے کیوں بھائی کی شکل اس کی نظروں میں گھوم گئی۔ شاید اس لیے کہ ہر مرحلہ پر اس نے راہ روکنے کی کوشش کی تھی۔ دامن پکڑ کر اسے پیچھے کھینچا تھا، نصیحتوں کا طومار باندھا تھا۔ فرضی خطرات اور ذاتی مفاد سے آگاہ کیا تھا۔ اگر وہ اس کی نصیحت پر ذرا بھی عمل کرتا تو ماضی اور مستقبل سے اس کا رشتہ ٹوٹ گیا ہوتا اور— اور اس نے اپنے تازہ خط میں بھی خودکشی ہی کی ترغیب دی تھی۔

اسے خط کے الفاظ اور وہ پیغام یاد آیا جو بھائی نے کسی کی زبانی بھیجا تھا۔ دونوں کا ایک ہی مضمون اور ایک ہی مطلب تھا— خودکشی!

وہ جھنجھلا اٹھا اور اس نے دل ہی دل میں فیصلہ کیا کہ میں بھائی سے کھل کر بات کروں گا۔ اسے کہہ دوں گا کہ میں آپ کی بزرگی کا احترام کرتا ہوں۔ لیکن آپ مجھ سے جینے کا حق کیوں چھین لینا چاہتے ہیں؟ آپ کیوں میرے اندر جھانک کر نہیں دیکھتے؟ ذرا دیکھیں اور روح کی اس آواز کو سنیں۔ ایک عظیم اور شاندار مستقبل انسان کا انتظار کر رہا ہے۔ ہماری کوششیں اسے نزدیک لا رہی ہیں۔

تارا چند نے ایک لمحہ کے لیے محسوس کیا جیسے بھائی اس کے سامنے بیٹھا ہے۔ جیسے اس نے روح کی اس آواز کو سن لیا ہے۔ بیگانگی اور اجنبیت کا کہرہ جو اتنے عرصہ سے گہرا ہوتا چلا آیا ہے، ہٹ گیا ہے۔ اور وہ ایک دوسرے کو محبت اور احترام سے دیکھ رہے ہیں۔

وہ اسی تصور کو ذہن میں لیے گھر پہنچا ہے۔ اور اب جب کہ وہ دونوں بھائی آمنے سامنے بیٹھے ہیں۔ اس کے ذہن میں یہ تمام خیالات اُٹھ رہے ہیں۔ لیکن وہ چپ ہے بھائی سے وہ کچھ نہیں کہنا چاہتا۔ کہنے سننے کی گنجائش ہی نہیں۔ سمجھوتے کا امکان ختم ہو چکا ہے۔

مول چند نے بھی کھل کر باتیں کرنے کا فیصلہ کیا تھا اس کے پاس بھی کہنے کے لیے بہت کچھ تھا اور موقع ملتے ہی اس نے وہ سب کچھ کہہ دیا۔

شام کا وقت ہے۔ مول چند گدی پر بیٹھا ہے اور تارا چند کرسی پر جو اس کے نزدیک دوکان کے چبوترے کے نیچے گلی میں پڑی رہتی ہے اس وقت گاہک کوئی نہیں۔ مول چند کا ہاتھ خالی ہے اور اس نے حسب عادت گلہ کھول کر بکری کے نوٹ گننا شروع کر دیا ہے۔

گلہ کھولتے وقت اُسے اُس کاپی کا خیال آیا۔ جو تھوڑی دیر پہلے ڈاکیہ دے گیا تھا۔ اس نے یہ کاپی تارا چند کو دی وہ اسے کھول کر دیکھنے لگا۔ یہ بنک کی اکاؤنٹ بک ہے۔ جب وہ لاہور سے چلا تو دہلی یا کسی دوسری جگہ رہنا طے نہیں تھا اس لیے اس نے بنک کا حساب گھر کے نزدیک لدھیانہ میں تبدیل کرا لیا تھا۔ اور یہ کاپی بنک کی معرفت یہاں آئی تھی۔

''کتنا روپیہ ہے؟'' نوہر چند نے جو گاہک نہ ہونے کی وجہ سے اندر خالی بیٹھا اجوئن میں سے تنکے چن رہا تھا، پوچھا۔

''سات سو تریپن روپے چھ آنے ہیں۔ ساڑھے سات سو جمع کرائے تھے۔ تین روپے چھ آنے بیاج کے ملے ہیں۔''

''تین روپے چھ آنے کتنی مدت میں؟''

''ایک سال میں۔''

''بس تین روپے چھ آنے اور ایک سال میں نوہر چند نے حیرت کا اظہار کیا اور بولا۔ ہم اتنی مدت میں سوائے ڈیوڑھے بنا دیتے ہیں۔ اور اگر کہیں رقم بیاج پر چڑھ جائے تو ایک ہی ماہ میں سو کے سوا سو بن جاتے ہیں۔''

''لیکن یہ بیاج نہیں لوٹ ہے۔''

''لوٹ کیسے ہے؟'' نوہر چند نے جوش اور اعتماد کے ساتھ کہا۔ اور دلیل پیش کی۔ ''ہم کسی کو بلانے تھوڑی جاتے ہیں کہ آؤ ہم سے اُدھار لو۔''

''بلائے تو نہیں جاتے۔ دوسرے کی مجبوری کا فائدہ تو اُٹھاتے ہو۔''

نوہر چند ایک منٹ کے لیے رکا پھر اس نے جو سکے چن چن کر ایک ہاتھ میں جمع کیے تھے انہیں واپس جوائن میں ڈالتے ہوئے بولا۔ ''یہ تو دکانداری ہے۔ ہم روپے ڈوب جانے کا خطرہ بھی مول لیتے ہیں۔''

''لیکن مجھے یہ دوکانداری پسند نہیں۔''

''اور تمہیں پسند کیا ہے؟ پاگل پن کی باتیں کرنا اور بیوقوف بننا۔''

مول چند نے ایک دم حملہ کیا اور نہایت ہی مکروہ اور عجیب انداز میں ناک سکوڑ کر بولا ''میں کوئی بیل تھوڑا ہوں۔''

''کیا مطلب؟ تاراچند نے قدرے حیرت واستعجاب سے پوچھا۔''

''کہتے جو ہو، تنخواہ کے لیے کام کرتا جاؤں میں کوئی بیل تھوڑا ہوں''، نوٹ جو اُس نے گن لیے تھے واپس گلے میں رکھ دیئے۔

خط کے بعد جو آدمی زبانی پیغام لے کر گیا تھا۔ تاراچند نے اس سے کہا تھا۔ خیالات کی پروا کیے بغیر جو آنکھیں موند کر کام کرتا جاؤں، میں بیل تھوڑا ہی ہوں۔ اس نے آکر یہی الفاظ مول چند سے کہہ دیئے تھے جو اسے بے حد ناگوار گزرے تھے اور اس کے سینے میں سوئیوں کی طرح چبھ رہے تھے وہ اس درد کا مداوا چاہتا تھا لیکن ایسا

نہیں ہوا، تارا چند بولا۔ ’’ٹھیک ہے میں بیل کی طرح آنکھیں موند کر کام نہیں کر سکتا۔‘‘

’’نہ کرو۔ مجھے تو کچھ لینا نہیں آپ پچھتاؤ گے۔ جب بھوکے مرو گے تو آپ ہوش آ جائے گا۔ تمہیں اب ایک کنبے کا خرچ چلانا ہے۔‘‘ مول چند نے تلخ لہجے اور بزرگانہ انداز میں کہا اور اپنی دوکان پر ایک نظر چھت سے فرش تک ڈالی۔ جیسے کہہ رہا ہو کہ دیکھو میں نے یہ سب کچھ محنت اور دانشمندی سے بنایا ہے۔ تارا چند پر پھر بھی کوئی اثر نہیں ہوا وہ خاموش اور ساکت تھا۔ اس لیے وہ پھر بولا۔

’’پیسہ پاس نہ ہو تو دنیا میں ذرا عزت نہیں ہوتی۔ میری بات یاد رکھنا سب مادھو باؤلا مادھو باؤلا کہیں گے۔‘‘

تارا چند سنی ان سنی کر کے خاموش رہنا چاہتا تھا لیکن مادھو باؤلا سن کر اسے طیش آ گیا اور وہ تنک کر بولا۔ ’’جب میں بارہا کہہ چکا ہوں کہ مجھے نصیحت نہ کرو۔ ‘‘

’’بڑا ماسٹر کہیں کا۔ جیسے اور کسی کو عقل ہی نہیں۔‘‘

مول چند بڑبڑایا۔ اور جس کرو کے ساتھ وہ گاہکوں کو ڈبوں میں سے رنگ نکال نکال کر دیا کرتا تھا، ترازو کے کونے پر لگی ہوئی میل اُتارنے لگا۔ لیکن میل کچھ اس طرح جم گئی تھی کہ اترتی نظر نہیں آتی تھی اور اس کا مقصد بھی شاید میل اتارنا نہیں تھا کیونکہ کرو کی ضرب اس خاص جگہ پر پڑنے کی بجائے اِدھر اُدھر زیادہ پڑتی تھی۔ ’’اسے پیسے سے نفرت ہے۔ کانگرس سے نفرت ہے......‘‘

’’اور ان سب سے زیادہ مجھے تم سے نفرت ہے۔ تمہاری باتوں سے نفرت ہے۔‘‘

تارا چند نے بھی یہ الفاظ چڑھ کر کہے تھے۔ اور اس کی نگاہوں میں واقعی نفرت تھی جس سے مول چند کی بزرگی اور بھی تلملا اٹھی۔ کرو ہاتھ سے چھوٹ گئی اور وہ ساکن اور مبہوت بیٹھا رہا۔ اسے تارا چند سے اس بات کی توقع نہیں تھی۔ گستاخی اور نفرت کا اظہار کر کے جیسے اس نے بڑے بھائی کو گدی سے نیچے اُتار دیا ہو۔

ایک دو منٹ کے بعد مول چند نے پھر جسم کو جنبش دی۔ اِدھر اُدھر دیکھا دوکان کی ہر ایک چیز بدستور اپنی جگہ پر تھی۔ سامنے گلّہ تھا اور اس کے نیچے اس کی گدی تھی۔ مول چند نے وقت سے پہلے ہی ٹائم پیس اُٹھا کر اسے چابی دی اور دو سوئیوں کو زور سے پیچھے کی طرف گھماتے ہوئے بولا ''اچھا۔ اچھا جو تمہارے جی میں آئے کرو۔ خود ذلیل ہو گے۔ مجھے تو کسی سے کچھ لینا دینا نہیں۔ میں تم سے کچھ مانگتا نہیں اور نہ مجھے ضرورت ہے۔''

تارا چند نے اس کے یہ الفاظ نہیں سنے وہ اور ہی بات سوچ رہا تھا۔ مادھو ایک امیر گھرانے میں پیدا ہوا تھا۔ عیش و عشرت میں پرورش پائی تھی کچھ کرنا دھرنا سیکھا نہیں تھا۔ اب بزرگوں کا سایہ اُٹھ چکا ہے اور انہوں نے کوئی اثاثہ نہیں چھوڑا ہے۔ وہ بے کار اِدھر اُدھر گھومتا رہتا ہے۔ کسی کام کے اہل نہیں، گھر کا خرچ چلانا مشکل ہے۔ کوئی پوچھتا ہے۔ ''سناؤ مادھو سیٹھ کیا حال ہے؟''

''مہربانی ہے آپ کی۔'' وہ جواب دیتا ہے اور مسکرا پڑتا ہے ایک بے معنی مسکراہٹ اس کے ہونٹوں پر منجمد ہو کر رہ جاتی ہے۔ جیسے اپنی ہستی سے منکر ہو جیسے وہ تسلیم کر رہا ہو کہ اس کا کوئی مستقبل نہیں اس لیے لوگ اسے 'مادھو باؤلا' کہتے ہیں لیکن تارا چند کے سامنے تو عظیم اور شاندار مستقبل ہے۔ اسے مادھو باؤلا کے ماضی اور مستقبل سے وابستہ کرنا اس کے جذبات کی توہین کرنا ہے۔ ارتقاء کی عظمت کو پاؤں تلے روندنا ہے۔ وہ جتنا بھی اس بات کو سوچ رہا ہے اسے بھائی پر غصہ آ رہا ہے اور اس کا دل نفرت سے بھرتا جا رہا ہے۔ یہ ایک فرد کی دوسرے فرد کے خلاف نفرت نہیں بلکہ ایک نظریۂ حیات کی دوسرے نظریۂ حیات کے خلاف نفرت ہے۔

●●●

راجارام

''سنائیے راجارام جی! آپ اکیلے بیٹھے کیا سوچ رہے ہیں؟'' پران ناتھ نے پوچھا۔

''اکیلے! راجارام نے حیرت کا اظہار کیا اور دونوں ہاتھ کو سٹیجی انداز سے ہلاتے ہوئے بولا۔'' ہجوم خیالات، جلوس خیالات، طوفان خیالات، راجارام اکیلا کیسے ہوسکتا ہے۔''

واقعی اکیلا وہ محسوس کرے جس کے پاس نہ سوچنے کے لیے دماغ ہو نہ بات کرنے کے لیے زبان۔ پران ناتھ نے اس کے بعد راجارام کو چارپائی پر لیٹے لیٹے..... اپنے آپ سے، روشندان میں بیٹھی ہوئی چڑیا سے، اور فرش پر رینگتی ہوئی چیونٹیوں سے باتیں کرتے دیکھا ہے۔ ویسے وہ مجلسی شخص ہے جب دیکھو دو چار آدمیوں میں بیٹھا باتیں کررہا ہے۔ اگر دو چار نہ ہوئے تو بابو سنگھ تو کہیں گیا نہیں، اسے ساتھ لئے گھوم رہا ہے اور اپنی ستر سالہ زندگی کے بہترین تجربات فصاحت و بلاغت سے بیان کررہا ہے اور کہنے والا اور سننے والا دونوں اس قدر منہمک ہیں کہ انہیں اور کسی بات کی پروانہیں۔ اگر باتیں صبح سے شروع ہوئی ہیں تو دو پہر ہوگئی۔ ادھر کھانے پر بلایا جارہا ہے۔ مگر راجارام کہہ رہے ہیں۔ ذرا ٹھہرو، ابھی آئے، ابھی آئے۔ کون جانے یہ ابھی گھنٹہ بھر لمبی ہوگی یا دو گھنٹے کے برابر یا اس سے بھی زیادہ۔ اور جب یہ باتیں شام کو شروع ہوتی ہیں تو رات کے دو بج جاتے ہیں۔ لوگ کہتے ہیں۔ راجارام جی نیند آرہی ہے سوجانے دو۔ تو جواب ملتا ہے۔ واہ ابھی تو دن چھپا ہے ساری رات اپنی ہی ہے۔

خوب سونا۔ صبح اُٹھ کر دفتر تھوڑی جانا ہے؟ اس جواب کے باوجود جب اسے رات کے زیادہ گزر جانے کا علم ہوتا ہے تو باتیں کل پر ملتوی کردی جاتی ہیں لیکن سردیوں میں اس مداخلت کی گنجائش نہیں۔ پران ناتھ نے سخت سردی کے باوجود بابو سنگھ اور راجارام کو رات گئے باہر دیوار کے پاس بیٹھے باتیں کرتے دیکھا ہے اور باہر بیٹھنے کی وجہ ہمیشہ یہ بیان کی جاتی رہی ہے کہ اندر بیٹھیں تو نیند آجاتی ہے۔

یہ باتیں جو کبھی ختم ہونے میں ہی نہیں آئیں گی اور جنہیں راجارام اس قدر انہماک سے سناتا اور بابو سنگھ عقیدت سے سنتا ہے۔ نہایت دلچسپ، گہری اور مختلف موضوعات پر ہوتی ہیں۔ شاید اس کی وجہ یہ ہے کہ راجارام جیل کی زندگی نہایت اطمینان سے بسر کرتا ہے۔ ورنہ وہ بھی ان لوگوں کا سا وطیرہ اختیار کرتا ہے، جن میں سے کسی کی بیوی بیمار ہے اور کسی کا بچہ۔ درخواستوں پر درخواستیں جارہی ہیں کہ اور نہیں تو پانچ سات روز کے لیے ہی باہر کی دنیا دیکھنے کی اجازت مل جائے۔ راجارام کے ماں باپ دونوں ہی ایک مہینے کے اندر اندر یکے بعد دیگرے چل بسے۔ بیماری کا تار آیا۔ مرنے کی خبر پہنچی۔ ساتھی قیدیوں نے لاکھ سمجھایا۔ راجارام جی پیرول کی درخواست دے دیجئے۔ لیکن وہ نہ مانا اور کہنے لگا۔

"بھئی مرنے والے مر گئے۔ ان کی موت کا غم باہر جا کر کم تھوڑی ہو جائے گا۔ راجارام جس حکومت کا باغی ہے اس حکومت سے درخواست کبھی نہیں کرے گا۔"

مرحوم والدین کی عمر اس وقت تک سو برس کے لگ بھگ تھی اور دونوں نہانے کھانے اور چلنے پھرنے کے بخوبی قابل تھے۔ اس لیے راجارام کو یقین تھا کہ وہ خود بھی اتنی ہی لمبی عمر پائے گا۔ یعنی اسے کم سے کم تیس سال ابھی اور جینا ہے۔ اور جینا ہے شان اور فخر سے۔ اڑسٹھ سال کا ہو گیا۔ صحت بدستور قائم ہے۔ چلنے لگے تو متواتر میلوں چلا جائے۔ نہ ٹانگیں تھکتی ہیں نہ سانس پھولتی ہے اور سینہ نوجوانوں کی طرح اُبھرا رہتا

ہے۔جسم میں خم کا نام تک نہیں۔آنکھیں ضرور کچھ کمزور ہوگئی ہیں اور دو چار دانت بھی جھڑ گئے ہیں مگر آواز کیا ہے۔شیر کی گرج ہے جو پھیپھڑوں کی تندرستی اور دل کی مضبوطی کا بین ثبوت ہے۔ دل مضبوط ہے جبھی تو سب صدمے چپ چاپ برداشت کر جاتا ہے۔ بیوی جوانی میں مرگئی تھی۔اس سے ایک لڑکی ہے جو اپنے گھر آرام سے رہتی ہے۔دو بچوں کی ماں ہے اور داماد بنک کا منیجر ہے۔ ماں باپ کی فکر رہتی تھی۔ وہ بھی چل بسے،اب گھر میں ایک بڑا بھائی ہے۔مصیبت یہ ہے کہ وہ اندھا ہے۔مگر اتنی بڑی دنیا میں جہاں اور کروڑوں انسان بستے ہیں۔اس کا گزارا بھی چل رہا ہے اور راجارام کو صرف آزادی کی دھن ہے۔

راجارام اب چودھویں مرتبہ قید ہوا ہے۔ جب ملک میں سول نافرمانی کی تحریک چلتی ہو۔اس وقت بہت سے لوگ گرفتار ہوتے ہیں مگر جب ایسی کوئی تحریک نہ ہو بلکہ بیشتر صوبوں میں کانگرسی وزارتیں قائم ہوں،اس وقت جیل میں رہنا ایک کٹھن کام ہے۔لیکن اس وقت بھی اخباروں میں چھپتا رہا ہے کہ راجارام فلاں تقریر کی بنا پر گرفتار ہو گئے،گویا اس نے جب سے مکمل آزادی کا عہد لیا ہے۔تب سے اپنے طور پر حکومت سے کبھی سمجھوتہ نہیں کیا۔اس لیے جب کبھی وہ بولنے کے لیے اسٹیج پر کھڑا ہوتا ہے یہ سمجھتا ہے کہ اس تقریر سے ملک کے ایک کونے سے دوسرے تک بغاوت کی آگ بھڑک اٹھے گی،نتیجہ معلوم۔حکومت اسے گرفتار کر کے جیل میں ڈال دیتی ہے۔

اس نے جیل آنا کب سے شروع کیا۔اس کی کہانی وہ خود سنایا کرتا ہے۔

۱۹۰۵ء میں گوپال کرشن گوکھلے جب یہاں آئے تو کسی شاعر نے نظم پڑھی تھی اور ٹیپ کا مصرعہ راجارام کو اب تک یاد ہے۔

گوکھلے!اے گوکھلے! کچھ تم کھلے کچھ ہم کھلے

اس وقت گوکھلے نے جو تقریر کی تھی۔وہ اس قدر شاندار تھی کہ اس کا اثر راجارام

کی روح میں تحلیل ہو کر رہ گیا تھا۔ وہ اس دن سے سیاسیات سے دلچسپی لینے لگا۔ اب اس کی اپنی تقریر گوکھلے کی اس تقریر کے رنگ میں ہوتی ہے اور سننے والوں پر اس کا وہی اثر ہوتا ہے جو گوکھلے کی تقریر کا راجارام پر ہوا تھا۔ یہی وجہ ہے کہ راجارام تقریر کرنے کے کسی موقع کو ہاتھ سے کھو دینا قوم کے لیے ایک ناقابل تلافی نقصان تصور کرتا ہے۔ عام جلسوں سے قطع نظر اس نے ہائی کورٹ میں بھی تقریر کرنے سے گریز نہیں کیا اور بقول اس کے اگر سرمایہ دار پریس اس تقریر کو ذرا بھی اشاعت دے دیتا تو وہ آئندہ نسلوں کے لیے ایک تاریخی یادگار بن سکتی تھی۔ مگر افسوس راجارام کو ایسی تقریروں کا چرچا خود ہی کرنا پڑتا ہے۔

واقعہ یوں ہے کہ راجارام جب سے اپنا ضلع چھوڑ کر آیا تھا۔ تب سے اپیل نویسی کا کام کرتا تھا۔ دو سال ہوئے وہ اپنی ہوشیار پور والی معرکہ خیز تقریر کی بنا پر جیل میں تھا۔ پرانا لائسنس داخل کر کے، وقت پر نیا لائسنس حاصل نہ کر سکا۔ رہائی کے بعد درخواست دی اور غیر حاضری کی صاف صاف وجہ یہ لکھ دی کہ میں اس وقت جیل میں تھا۔ عدالت عالیہ نے اسے طلب کر کے پوچھا کہ حکومت کے خلاف بغاوت کر کے جیل جانا غیر حاضری کی معقول وجہ نہیں۔ بلکہ جب حکومت کے خلاف تمہارا رویہ اس قسم کا ہے تو تمہارا لائسنس ضبط ہی کیوں نہ کر لیا جائے؟۔

عدالت کے اس سوال کا جواب دینے کے لیے پہلے تو راجارام نے اپنا بیان اُردو زبان میں پیش کرنے کی اجازت مانگی اور پھر گردن اُٹھا کر کہنا شروع کیا:۔

'جناب عالی! میں جانتا ہوں کہ اگر میں درخواست میں بیماری یا کوئی ایسی ہی اوٹ پٹانگ وجہ لکھ دیتا تو مجھے بآسانی لائسنس مل سکتا تھا لیکن غیر حاضری کی اصل وجہ درج کر کے میں دنیا کو بتا دینا چاہتا ہوں کہ ایک خود دار آدمی کسی حالت میں بھی صداقت کو چھپانا نہیں جانتا۔ دوسرے میں عدالت پر واضح کر دینا چاہتا تھا کہ آزادی

کے لیے جیل جانا کوئی شرم یا اخفاء کی بات نہیں بلکہ آپ کو اس بات پر فخر محسوس ہونا چاہیئے کہ آپ کی عدالت کا ایک اپیل نویس دیس کی آزادی کو لائسنس حاصل کرنے سے بدر جہا بہتر سمجھتا ہے اور وہ آزادی نہ صرف اس کی آزادی ہے۔ بلکہ آپ کی آزادی ہے۔ اس شہر کی آزادی ہے۔ اس صوبے کی آزادی ہے۔ ہندستان میں رہنے والے چالیس کروڑ انسانوں کی آزادی......'

''مختصر، مختصر'' جج نے ٹوک کر کہا۔

''جناب عالی! آپ تسلی رکھیں۔ میں اپنی بات نہایت اختصار سے عرض کروں گا۔ میں نے کانگرس میں اس وقت سے کام شروع کیا ہے۔ جب ۱۹۰۵ء میں فخرِ قوم گوپال کرشن گوکھلے لاہور تشریف لائے تھے۔ اس وقت جو جلسہ ہو رہا تھا۔ اس میں ایک شاعر نے نظم......''

''آپ پھر تقریر کرنے لگے جو وجہ بیان کرنی ہو۔ اسے دو فقروں میں کہہ دو ہم تقریر نہیں سن سکتے'' جج نے کہا۔

''جناب عالی! اگر آپ تقریر نہیں سن سکتے تو مقدمہ دو تین گھنٹے کے لیے ملتوی کر دیں۔ میں اپنا بیان لکھ دیتا ہوں ہزاروں وکیل اور قانون پیشہ لوگ جو دیس کی آزادی کے لیے جیل جاتے ہیں، میں ان سب کے لیے فیصلہ کروالینا چاہتا ہوں۔ یہ کیسے ممکن ہے کہ ہم آزادی ایسے اہم سوال کو التوا میں ڈال کر جیل سے باہر بیٹھے لائسنسوں کی تجدید کا انتظار کرتے رہیں۔ یہ اخلاقی پستی اور غلامانہ ذہنیت کا مظاہرہ......''

''مظاہرہ'' کا لفظ راجا رام کے منہ میں رہ گیا۔ کیونکہ جج نے اسے اب کے تیسری دفعہ ٹوکتے ہوئے کہا کہ ہم نہ تو مقدمہ ملتوی کر سکتے ہیں اور نہ تقریر سن سکتے ہیں۔ اگر تمہیں کچھ ضرور کہنا ہے تو مختصر طور پر کہو۔

یہ بات سن کر راجارام کو طیش آگیا اور وہ بلند آواز سے بولا۔ اس کا مطلب تو یہ ہے کہ میں اپنے خیالات کا اظہار بھی نہ کروں۔ اور دائیں بازو کو پوری لمبائی سے گھما کر کہا۔ رکھیے اپنے لائسنس کو میں ایسی حکومت کی عدالت میں کام ہی نہیں کرنا چاہتا۔

راجارام نے یہ الفاظ اس قدر زور سے کہے تھے کہ عدالت کی دیواریں تک گونج اٹھی تھیں۔ توہین عدالت کا مقدمہ کیا بنایا جاتا، وہ تو پہلے ہی نظر بند تھا۔ بات یہیں ختم ہوگئی اور اپیل نویسی کا پیشہ بھی۔

مگر اس پیشے میں اُسے جو کامیابی حاصل ہوئی۔ اس کی داستان وہ اب بھی سنایا کرتا ہے۔ اس کی قانونی واقفیت یہاں تک بڑھی ہوئی ہے۔ کہ اس کی لکھی ہوئی اپیل کو قابل سے قابل جج بھی نہایت غور سے پڑھتے ہیں، معمولی وکیلوں کی تو بات ہی کیا ہے۔ بڑے بڑے بیرسٹر بھی اس سے قانونی مشورہ لینے آیا کرتے تھے۔ کون جج اور کون وکیل اسے نہیں جانتا تھا۔ حکومت کے وزراء تک اس سے تعارف حاصل کر لینا فخر تصور کرتے تھے۔ پھر اس پیشہ سے اس نے ڈیڑھ ڈیڑھ ہزار روپیہ مہینہ کمایا ہے۔ یہ قابلِ رشک شہرت اور یہ قابلِ رشک آمدنی صرف اسی کا حصہ تھا۔ ورنہ دنیا میں لاکھوں اپیل نویس بستے ہیں کوئی کسی کی بات بھی نہیں پوچھتا۔

ایک یہی بات کیوں، اس کی ہر ایک بات قابلِ رشک ہوتی ہے۔ اس عمر میں یہ صحت، چودہ مرتبہ قید ہونے کے باوجود یہ جذبۂ آزادی اور یہ انداز تقریر کیا قابل رشک نہیں؟ اور پھر ایک دن صبح سیر کرتے وقت راجارام نے بتایا تھا کہ آج کمپنی باغ میں جو سینکڑوں لوگ صبح صبح سیر کو جاتے ہیں۔ وہ سب اس کی تقلید کر رہے ہیں۔ کیونکہ راجارام ان چند نوجوانوں میں سے ہیں جنہوں نے شہر میں پہلے پہل سیر کرنے کا رواج ڈالا۔

ماضی کا ذکر چھڑ جانے سے تعلیم کا ذکر بھی چھڑ جاتا ہے تو وہ بتایا کرتا ہے کہ اس

زمانے کی تعلیم اس قدر مکمل تھی کہ صرف چار کتابیں پڑھ کر آدمی کو دنیا کے ہر مضمون پر عبور حاصل ہو جاتا تھا اور جو آدمی وہ چاروں کتابیں پڑھ لیتا تھا وہ یا تو تاجدار بن جاتا تھا یا وزیر۔ راجارام نے بھی وہ کتابیں پڑھ رکھی تھیں اور وہ ان کے نام بار ہا دہرایا کرتا ہے۔ گلستاں، بوستاں، انشائے مادھورام اور ہر کرن۔

ایک دفعہ کسی نے اعتراض کیا اور راجارام جی آپ نے بھی یہ چاروں کتابیں پڑھ رکھی ہیں۔ پھر کیا وجہ ہے کہ آپ نہ بادشاہ بنے نہ وزیر۔

اس پر راجارام نے شاہانہ انداز سے جواب دیا تھا۔ راجارام اس برٹش حکومت کا باغی ہے جس کے راج میں کبھی سورج غروب نہیں ہوتا اور حاکم کا مخالف کسی صورت میں بھی حاکم سے کم نہیں۔ شیخ سعدی نے فرمایا ہے۔

خلاف رائے سلطاں رائے جستن

بخون خویش باشد دست شستن

شعر پڑھنے کے بعد راجارام نے کف آلود لبوں پر ہاتھ پھیرا، آواز کو پہلے سے بھی اُونچا کر کے اس کی تشریح کی۔ بادشاہ کی رائے کے خلاف رائے ڈھونڈنا اپنے خون سے آپ ہاتھ دھونا ہے۔''

رہی تعلیم کی بات، اس میں کلام ہی کیا ہے کہ راجارام کی تعلیم ہر طرح مکمل ہوئی ہے۔ وہ جس موضوع پر جب چاہے بے جھجک گفتگو کر سکتا ہے۔ اس کا مطلب یہ ہرگز نہیں کہ ان کتابوں میں ماضی حال اور مستقبل کی ہر ایک بات لکھ دی گئی ہے۔ حقیقت یہ ہے کہ یہ چار کتابیں پڑھ لینے کے بعد آدمی کا دماغ اس قدر روشن ہو جاتا ہے کہ پھر اس پر دنیا کا ہر ایک خیال الہام کی طرح نازل ہونے لگتا ہے ایک دن پران ناتھ ڈاکٹر سنت سنگھ سے زندگی اور روح سے متعلق بات چیت کر رہا تھا کہ اس دوران میں حسن اتفاق سے راجارام وہاں آ گیا اور روح کا لفظ اس نے بھی سن لیا۔ روح۔ ایک فلسفیانہ

مسکراہٹ اس کے چہرے پر نمودار ہوئی اور اس نے کہنا شروع کیا۔ روح کی بات آپ کچھ نہ پوچھیے یہ درخت وہ ابدی روحیں ہیں جنہیں پر ماتما کی طرف سے ہمیشہ کھڑے رہنے کا حکم ملا ہے۔

ڈاکٹر سنت سنگھ اور پران ناتھ کی گفتگو تو یہیں ختم ہوگئی اور اب راجارام کا لیکچر شروع ہوا۔ پورن چند، رام کشن طفیل، صادق اور ہربنس سنگھ سننے کے لیے آموجود ہوئے۔ راجارام روح کے اہم مسئلہ پر گھنٹہ سوا گھنٹہ عالمانہ ڈھنگ سے بولتا رہا۔

اسی طرح ایک دن سائنس کی بات چل رہی تھی۔ موضوع یہ تھا کہ انسان کس طرح ستاروں سے تعلق جوڑ رہا ہے اور اس نے دنیا اور اس کے پرانے تصورات کو کس طرح بدل کر رکھ دیا ہے۔ راجارام نے سنا تو فوراً کہا۔

ہندستان میں وہ لوگ بستے تھے اور اب بھی بستے ہیں جو زمین پر بیٹھے آسمان کی باتیں بتادیتے ہیں۔ انہیں نہ کسی دوربین کی ضرورت ہے اور نہ کوئی آلہ درکار ہے۔ ان کے دماغ میں ہی وہ قدرت ہے کہ محض خیال کے ذریعے سے ہر ستارے تک رسائی حاصل کر سکتے ہیں۔ ہم ہندستانیوں نے ایسی ایجادوں کو جنم دیا ہے کہ مغربی سائنس دان ان کا نام سن کر ہی دنگ رہ جاتے ہیں۔ جنگ سے تھوڑے دن پہلے ہٹلر نے ایک سنسکرت کے وِدوان کو چالیس لاکھ روپیہ اس مقصد کے لیے بھیجا تھا کہ وہ اسے دریافت کر کے بتائیں کہ لچھمن نے رام کی مدد کو جاتے وقت سیتا کے گرد جو لکیر لگائی تھی۔ اس میں کونسا مسالہ استعمال کیا گیا تھا؟ اور پھر بڑے مزے سے گردن ہلا کر کہا۔ مغربی دماغ آج تک یہ سمجھنے سے قاصر ہے کہ وہ کیا لکیر تھی جس پر سے آدمی بھی نہیں گزر سکتا تھا۔

ایک سائنس ہی کیا دنیا کی ہر چیز کا آغاز ہندستان سے ہوا ہے، مثلاً دنیا کا سب سے پہلا سوشلسٹ پرسرام تھا۔ کیونکہ اس نے چھتری راجاؤں کے خلاف نبرد آزما

ہو کر جماعتی جنگ کا آغاز کیا تھا۔ روس کو آج جس سرخ فوج پر ناز ہے۔ ہندستان میں ہنومان نے وہ ہزاروں برس پہلے تیار کی تھی۔

اور پھر ایک دن فقیر چند نے اخبار میں کوئی خبر پڑھ کر راجارام سے کہا۔ کبھی وہ زمانہ تھا کہ ہندوؤں اور سکھوں میں باہمی شادیاں ہوتی تھیں۔ اب سکھ کہتے ہیں۔ ہندوؤں سے ہمارا کوئی تعلق نہیں۔ دس سال بعد دیکھنا ہندو اور سکھ بھی ایک دوسرے کو مسلمانوں کی طرح اچھوت سمجھنے لگیں گے۔

''لالہ جی، آپ کیسی باتیں کر رہے ہیں؟ چھوت چھات کے دن گئے۔ اب دنیا آگے کی طرف جا رہی ہے۔ میں دعوے سے کہہ سکتا ہوں کہ آئندہ دس سال میں ہندو، سکھ اور مسلمان تو کیا تمام دنیا کے لوگوں کی باہمی شادیاں ہوا کریں گی۔

''دنیا بھر کی شادیوں سے تو وہی نتیجہ ہوگا جو اب ہمارے سامنے ہے'' لالہ جی نے دلیل پیش کی'' جتنے ہندوستانیوں نے یورپین عورتوں سے شادیاں کیں سب نے دھوکا کھایا۔ انگریز عورت کسی طرح بھی ہندستانی عورت کی طرح گزارا نہیں کر سکتی''۔

اب کیا تھا، راجارام بحث کے رنگ میں آ گیا۔ اور لال پیلا ہو کر بولا۔ چھوڑ یار، کچھ پتہ نہ واسطہ، یونہی باتیں بنا رہے ہو۔ میں کم سے کم بیس انگریز عورتوں کو جانتا ہوں جنہوں نے وفاشعاری کا وہ ثبوت دیا ہے کہ دنیا بھر میں مثال رہے گی۔ ڈاکٹر دھرم دیو کی انگریز بیوی، سے میری ذاتی واقفیت ہے۔ ایسی پاک دامن خاتون ہے گویا چتوڑ کی خاک سے پیدا ہوئی ہے اور پھر گلشن لال کی بیوی کو کون نہیں جانتا طلاق مل جانے کے باوجود سڑکوں پر کھڑی گلشن گلشن پکارا کرتی ہے۔

فقیر چند نے بات کو طول نہیں دیا۔ وہ جانتا تھا کہ راجارام جب کسی بات پر اڑ جائے تو اسے اِدھر سے اُدھر جھکانا ہمالیہ کو جنبش دینے کے برابر ہے۔ تھوڑے دن ہوئے راجارام نے کہا تھا کہ گزشتہ چند برس میں اس شہر نے کانگرس کو پچاس لاکھ

روپیہ جمع کر کے دیا ہے اور سینکڑوں آدمی جیل بھجوائے ہیں۔ یہ اتنی بڑی قربانی ہے کہ اس کی مثال دنیا کی تاریخ میں نہیں ملتی۔ وہ کہہ ہی رہا تھا کہ پورن چند بول اٹھا۔ پچاس لاکھ تو کہاں پچاس ہزار بھی نہیں دیئے۔ راجا رام نے اور کچھ کہنے کی بجائے پچاس لاکھ روپے کی مکمل فہرست جو اسے زبانی یاد تھی پیش کر دی اور پورن چند کو وہ ڈانٹ بتائی کہ عمر بھر یاد رکھے گا۔ وہ بے چارہ تو کل کا نوجوان ہے۔ پنڈت بدری ناتھ ایسے گھاگ اور پرانے کانگرسی کو راجا رام کے سامنے میدان چھوڑنا پڑا تھا۔ ایک دن راجا رام کی مرضی کے خلاف باتوں ہی باتوں میں پنڈت جی نے کہہ دیا کہ ہماری موجودہ تحریک آزادی ناکام رہی ہے اس پر راجا رام برس پڑا۔ معاف رکھنا پنڈت جی، آپ یہ بات جیل کی تکلیفات سے گھبرا کر کہہ رہے ہیں۔ ورنہ ہماری تحریک کو تو وہ کامیابی حاصل ہوئی ہے کہ دنیا کی تاریخ میں اس کی مثال نہیں ملتی۔ ایک نہتی قوم نے عرصہ دراز تک دنیا کی سب سے بڑی سلطنت کا مقابلہ کیا ہے اور خوب کیا ہے۔ یہ جو تھوڑا بہت نظم ونسق اور راج پاٹ کا سلسلہ نظر آتا ہے یہ امریکی فوج کی امداد سے قائم کیا گیا ہے۔ اب یہاں انگریزی حکومت نہیں۔ برطانیہ اور امریکہ کی مشترکہ ایمپائر ہے اور یہ جنگ کے دنوں کا کھیل ہے۔''

پنڈت جی یہ دلیل سن کر راجا رام کا منہ دیکھتے رہ گئے اور لاجواب ہو کر اپنی بارک کو چل دیئے۔ اگر وہ کہہ جاتے۔ راجا رام جی! آپ درست فرماتے ہیں تو معاملہ یہیں ختم ہو جاتا۔ اب چونکہ راجا رام کو پنڈت جی نے درست تسلیم نہیں کیا۔ اس لیے وہ دوسرے دن بابو سنگھ سے کہہ رہا تھا۔ یہ پنڈت بدری ناتھ بڑا ایم ایل اے بنا پھرتا ہے۔ اجلاس میں جا کر پچھلے بنچوں پر بیٹھا رہتا ہے۔ آج تک اسمبلی میں دو فقرے کی تقریر نہیں کی۔ پھر چلا ہے راجا رام سے بحث کرنے کہ ہماری تحریک ناکام رہی ہے، اسے یہ معلوم ہی نہیں کہ راجا رام کو سیاسی کام کرتے چالیس سال گزر گئے۔

واقعی راجارام کو چالیس سال کا تجربہ حاصل ہے اور اس کے علاوہ گلستاں بوستاں انشائے مادھورام اور ہر کرن کی تعلیم، سیاسی مسائل کو جس خوبی سے وہ سمجھتا ہے کسی اور کے بس کی بات نہیں۔ گزشتہ جنگ جرمنی کے بعد ملک میں جو انفلوانزا کی وبا پھیلی تھی۔ اس کے متعلق راجارام نے سب سے پہلے یہ رائے ظاہر کی تھی کہ یہ کوئی بخار نہیں، سیاسی بیماری ہے جو انگریزوں نے ہماری بڑھتی ہوئی سیاسی تحریک کو کمزور کرنے کے لیے ہندستان کے جنگلات میں زہریلی گیس چھوڑ کر پھیلائی ہے۔ اس طرح کوئٹہ کا بھونچال بقول مہاتما گاندھی لوگوں کے گناہوں کی وجہ سے قہر الٰہی نہیں بلکہ بقول راجارام انگریزوں کی سیاسی چال تھی۔ کیونکہ وہاں کے جوہریوں کے پاس کوہ نور قسم کے لاکھوں ہیرے تھے اور انگریز کوئٹے کو تباہ کر کے انہیں حاصل کرنا چاہتا تھا۔ اگر خدا بھونچال کو انسانی گناہوں کی سزا دینے کا حربہ بنا سکتا ہے۔ تو حکومتیں کیوں اسے سیاسی مقاصد حاصل کرنے کے لیے استعمال نہیں کر سکتیں؟ لوگوں نے راجارام کی نکتہ رس طبیعت کی بے ساختہ داد اُس وقت دی۔ جب اس کے کہنے کے مطابق سب نے بنگال کے قحط کو سیاسی قحط تسلیم کر لیا۔

جس وقت افغانستان میں شاہ امان اللہ کے خلاف ایک طوفان کھڑا ہوا اور اس کی وجہ سے اسے ملک چھوڑنا پڑا تو اس کے متعلق بھی سب سے پہلے یہ فتوے راجارام نے دیا تھا کہ اس گڑبڑ کے پس پردہ انگریز کا ہاتھ ہے۔ اگر امان اللہ تخت پر قائم رہتا تو وہ صرف افغانستان میں انگریزوں کے سیاسی غلبہ کو ختم کر دیتا۔ بلکہ آزادی کی جدوجہد میں ہندستان کو پوری پوری مدد بہم پہنچاتا۔ یہی وجہ تھی کہ راجارام اس کے غم کو اب تک نہ بھول سکا تھا اور اس مقصد کے لیے اس نے لاہور کے اسٹیشن پر جرنیل نادر خاں سے بھی ملاقات کی۔ اس وقت بقول اس کے نادر خاں نے بڑے زور سے کہا تھا۔ راجارام جی۔ آپ کیسی باتیں کرتے ہیں۔ مجھے وہاں ذرا پاؤں تو جما لینے دو پھر دیکھنا۔

میرا بھی وہی پروگرام ہے جو امان اللہ خاں کا تھا۔اور راجارام جی کا خیال ہے کہ انگریز نے اس کے پاؤں وہاں جمنے نہیں دیے۔ ورنہ افغان بچہ کبھی جھوٹ نہیں بولتا۔

کمار جیل میں راجارام کا پڑوسی ہے۔شاید اسی لیے اس کی فطرت کو خوب سمجھتا ہے وہ اس کے ساتھ بحث میں کبھی نہیں اُلجھتا پہلے میٹھی میٹھی باتیں کرتا ہے اور پھر اپنی بات اس طرح منوالیتا ہے:۔

''راجام رام جی روس کا نظام حکومت بہت اچھا ہے ہندستان میں بھی اس قسم کی حکومت قائم ہونی چاہئے۔'' کمار کہے گا۔

''بالکل، اس کے بغیر چارہ ہی نہیں'' راجارام جواب دے گا۔

''راجارام جی! ہٹلر بڑا بہادر ہے۔اسے ضرور فتح حاصل ہوگی''۔

''بالکل دنیا کی کوئی طاقت اُسے ہرا نہیں سکتی۔''

''راجارام جی! فاشسٹ ڈکٹیٹر شپ کے مقابلہ میں جمہوریت بہت اچھی ہے۔''

''بالکل، جمہوریت کے بغیر تہذیب ترقی ہی نہیں کرسکتی۔''

سننے والے ہنستے ہیں کہ راجارام بھی عجیب انسان ہے۔ ابھی تو وہ ہٹلر کی فتح چاہتا تھا۔ اور دوسرے ہی لمحہ جمہوریت کا علمبردار ہے۔ لیکن کمار جانتا ہے کہ اس میں تعجب کی کوئی بات نہیں ۔وہ ہٹلر کی فتح چاہتا ہے کیونکہ ہٹلر انگریز کے خلاف لڑ رہا ہے۔ ہر وہ شخص جو انگریز کے خلاف ہے۔خواہ اس کا عقیدہ کچھ بھی ہو راجارام کی حمایت حاصل کرسکتا ہے۔جمہوریت کا حامی وہ اس لیے ہے کہ خود کانگرس جمہوریت پر قائم ہے اور اگر دنیا میں جمہوریت نہ رہے تو وہ لیکچر کس طرح کرے۔

راجارام کا یہ ''بالکل'' اس قدر عام ہے کہ تکیہ کلام بن کر رہ گیا ہے۔ اگر وہ خوشی کے رنگ میں ہو تو دن کو رات کہنے پر بھی استعمال ہوسکتا ہے۔لیکن کمار یہ بات بارہا آزما چکا ہے کہ اس کے دل میں ایک تار ایسا ہے جس سے یہ ''بالکل'' کا سُر کبھی نہیں

نکلتا۔ اسے جب سُر بدلنا ہوتا ہے تو وہ اس تار پر مضراب لگاتا ہے۔

''راجارام جی، چرچل بڑا سیاستداں ہے۔''

''چھوڑ یار، کس کا ذکر کرتا ہے۔'' راجارام ہاتھ سے پھٹکار بھیج کر کہنا شروع کرتا ہے۔ ''چرچل کو تو پتہ ہی نہیں کہ سیاست کیا چیز ہے۔ وہ مکاری کی پرانی چالوں سے کام نکالنا چاہتا ہے مگر اب دنیا اس سے واقف ہو چکی ہے اور وہ روتا ہے کہ میں برٹش ایمپائر کو دیوالیہ قرار دینے کے لیے وزیر اعظم نہیں بنا۔''

اس پر وہ ایک طنزیہ ہنسی ہنس کر پھر کہتا ہے۔'' کمار، تو خود سوچ کہ اگر اس کی حکومت کا دیوالہ نہ پٹ گیا ہوتا تو وہ یہ بات کہتا ہی کیوں؟''

پرسوں ہی کی بات ہے کمار نے اخبار پڑھ کر اسے بتایا۔'' راجارام جی، چرچل طہران کانفرنس کے بعد تندرست بھی ہو گیا اور اب لندن بھی پہنچ گیا۔''

''لیکن اب وہاں پہنچ کر وہ کرے گا کیا؟'' راجارام نے نہایت اطمینان سے کہنا شروع کیا۔'' فوجوں اور ہتھیاروں پر تو آیسن ہاور کی کمان ہے اس کی وزارت امریکہ کی کٹھ پتلی ہے۔

اسی طرح چند ماہ پہلے کمار نے جب یہ خبر سنائی تھی کہ لارڈ لنلتھگو واپس انگلینڈ پہنچ گیا ہے تو راجارام نے وثوق سے کہا تھا۔

''وہاں ضرور کالی جھنڈیوں کا مظاہرہ ہوا ہوگا اور گو بیک کے نعرے لگے ہوں گے''۔

اس وقت پران ناتھ بھی وہیں بیٹھا تھا۔ وہ بولا۔

''کیوں جی، گو بیک کا مطلب تو یہ ہوا کہ وہ پھر ہندستان لوٹ آئے۔''

''اوہو، کیسی بچوں کی سی باتیں کرتے ہو۔ مطلب لوٹانا نہیں بے عزتی کرنا اور یہ جتانا ہے کہ اس نے ہندستان کے ساتھ اچھا سلوک نہیں کیا۔''

اس برجستگی اور حاضر جوابی پر سب ہنس پڑے تھے۔

اس دن جب جیل افسر دورہ کر کے گئے۔ راجارام تلکے پر بیٹھا صابون سے مل مل کر ہاتھ دھو رہا تھا تو کمار نے دریافت کیا تھا۔

"کیوں جی۔ ایسی کون سی چیز لگ گئی ہاتھوں کو جو انہیں اس مستعدی سے دھویا جا رہا ہے۔"

"مجھے تو ان افسروں سے جب کبھی ہاتھ ملانے کا موقع ملتا ہے بعد میں اسی طرح مل مل کر دھوتا ہوں۔"

"ایسا کیا لگ جاتا ہے ہاتھوں کو؟"

"تم نہیں جانتے کمار، یہ لوگ اس حکومت کے پرزے ہیں۔ جس کے ہاتھ بے گناہوں کے خون سے رنگدار ہیں، ان کے ہاتھ بھی اسی خون سے رنگے رہتے ہیں۔ میں اگر اس طرح ہاتھ نہ دھوؤں تو اس خون کا اثر کس طرح زائل ہو؟"

ظاہر ہے کہ راجارام ہندستان کو انگریزوں کی غلامی سے آزاد دیکھنا چاہتا ہے۔ وہ جو بات کرتا ہے۔ اس آزادی کی روشنی میں کرتا ہے۔ اور یہ بات سنانے کے لیے موقع کا منتظر رہتا ہے ملک میں ہر سال اپریل کا پہلا ہفتہ جلیانوالہ باغ کے شہیدوں کی یاد کے طور پر منایا جاتا ہے۔ آپس کے اختلاف کی بنا پر نظر بندوں کی انتظامیہ کمیٹی نے یہ ہفتہ نہیں منایا۔ راجارام جھنجلا رہا تھا کہ جب یہ کمیٹی جلسہ تک نہیں کر سکتی۔ تو اسے بنایا کیوں گیا ہے۔ اسے نوجوانوں کو پیغام دینا تھا اور وہ پیغام جو خاص موقع پر دیا جاتا ہے زیادہ سے زیادہ اثر پیدا کرتا ہے۔ اس کے بعد بہت سے مواقع آئے لیکن وہ مذہبی نوعیت کے تھے۔ مگر راجارام جانتا ہے کہ کس طرح ہر موقع کو اپنے ڈھنگ میں ڈھالا جا سکتا ہے۔ اس نے شوراتری کے دن سوامی دیانند پر بولتے ہوئے انہیں سیاسی سوامی اور گورپرب کے دن گورونانک کو سیاسی گورو ثابت کیا تھا اور ان کے ذریعہ آزادی کا

پیغام لوگوں تک پہنچایا تھا۔

راجارام نوجوانوں کو نہ صرف آزادی کا پیغام دیتا ہے بلکہ جو نوجوان اس پر عمل کرتے ہیں۔ ان کی جی جان سے قدر بھی کرتا ہے صادق جب رہا ہو کر جانے لگا تو راجارام نے مبارکباد دینے کا فرض ادا کرتے ہوئے کہا تھا:

''اے بہادر نوجوان! تو نے ملک کی آزادی کے لیے جو قربانی کی ہے اس کی قدر نہ صرف ہمارے دل میں ہے بلکہ تمہارے شہر تمہارے ضلع، سارے صوبے، سارے ہندستان اور تمام دنیا کے دل میں ہے۔ تو نے اپنا، اپنے ماں باپ کا اور اپنی قوم کا سر اونچا کیا ہے۔ میں جانتا ہوں کہ جب تک ملک آزاد نہ ہوگا تو اسی طرح قربانی کرتا رہے گا۔ آخر تو قربانی کیوں نہ کرے۔ تیرے خیالات بہتر تیرے جذبات بہتر، تیرے حالات بہتر۔ اور پھر تیرا آنا مبارک تیرا جانا مبارک، تجھ سے ہمیشہ ایسی ہی توقع ہے''......

دراصل قربانی کی قدر وہی جانتا ہے جو خود قربانی کر سکتا ہے۔ سب کو معلوم ہے کہ متواتر جیل آنے کے علاوہ ۱۹۳۴ء میں راجارام نے اپنی کمائی کا تمام روپیہ مہاتما گاندھی کی نذر کر دیا تھا۔ اور جب وزارتیں بن رہی تھیں تو راجارام صوبہ سرحد میں یہ عہد لے کر گیا تھا کہ جب تک وہاں کانگرسی وزارت نہ بن جائے میں واپس دیس نہیں آؤں گا۔ وہاں پہنچنے کے چار مہینے بعد جب کانگرس وزارت قائم ہوئی تو راجارام پشاور جیل میں تھا اور وہ بصد فخر کہا کرتا ہے کہ کانگرس وزارت نے برسر اقتدار آتے ہی پہلے اسے رہا کیا۔ اس وقت رات کے بارہ بجے تھے اور شاید اس ملک کی تاریخ میں یہ پہلا واقعہ ہے کہ کسی شخص کو رات کے بارہ بجے جیل سے رہا کیا گیا ہو۔

راجارام کو اس بات پر بھی بجا فخر ہے کہ لاہور شہر کے لوگوں نے ہزاروں روپے خرچ کر کے اسے دو مرتبہ میونسپل کمیٹی کا ممبر منتخب کیا۔ شہر میں جتنی قدر راجارام کی ہے۔

اتنی شاید ہی کسی اور پبلک لیڈر کی ہوئی ہو۔ جو لوگ موری دروازے کے باہر ہزاروں کی تعداد میں اُس کی تقریریں سننے جمع ہوتے رہے ہیں۔ راجا رام کے دل میں اُن کی عقیدت کا بیحد پاس ہے اور وہ فرصت کے وقت اس تقریر کا مضمون سوچا کرتا ہے جو اُسے رہائی کے بعد ان عقیدت مندوں کے سامنے کرنی ہے۔

ایک دفعہ سالگ رام نے اعتراض کیا تھا کہ جب سب لوگ بولنا جانتے ہیں تو کیا وجہ کہ ایک ہی آدمی بار بار بولتا رہے۔ راجا رام نے یہ بات سنی۔ تو حیران رہ گیا لیکن بڑے ادب سے کہا۔ ''سالگ راجا رام جی! میں آج کے بعد کبھی نہ بولنے کا وعدہ کرتا ہوں اور جو دوسرے لوگ بولتے ہیں۔ انہیں بھی میں منع کر دوں گا۔ آپ بولیں اور جس کسی آدمی کو آپ بلانا چاہتے ہیں۔ وہ بولا کرے لیکن ایک بات یاد رکھنا کہ لیکچر کرنا ہر ایک آدمی کے بس کا روگ نہیں۔ دو منٹ بولنے سے زبان سوکھ جاتی ہے اور منہ ذرا سا نکل آتا ہے۔ صوبے بھر کی تین کروڑ آبادی میں دو ڈھائی سو آدمی مشکل سے بول سکتے ہیں اور ان میں بھی ہم صرف پانچ سات آدمی ایسے ہیں جو دو ڈھائی گھنٹے بے جھجک اور مضمون کے پابند رہتے ہوئے بول سکتے ہیں۔ لیکن میں مانتا ہوں کہ اور لوگوں کو بھی بولنا سیکھنا چاہیے۔ آپ بولا کریں میں کبھی نہیں بولوں گا۔''

لیکن اس وعدے کی حیثیت ہی کیا تھی۔ جب وہ ایمانداری سے محسوس کرتا ہے کہ بولنے کا کوئی موقع ہاتھ سے کھونا قوم کو ناقابل تلافی نقصان پہنچانا ہے۔ پھر سالگ رام ایسے سڑی آدمی سے ناراض ہو کر وہ یہ نقصان کس طرح برداشت کر سکتا تھا۔ ہر مرتبہ بولنے کے باوجود وقت کی تنگی کے باعث لیکچر کا کافی مواد اس کے دل میں ہی رہ جاتا ہے اور بعد ازاں بابو سنگھ یا کمار کو سنانا پڑتا ہے۔ اس کا بس چلے تو اشوک کی طرح اپنے دل کی باتیں کتبوں پر کندہ کروا کے ہندستان کے کونے کونے میں لگا دے۔

اپنی تقریروں اور باتوں کے متعلق راجا رام کی ذاتی رائے کیا ہے۔ وہ اس گفتگو

سے ظاہر ہے کہ جو گزشتہ ستمبر میں کمار کی چارپائی پر بیٹھے ہوئے اس کے اور بابو سنگھ کے درمیان ہوئی تھی۔

''بابو سنگھ'' راجارام کہہ رہا تھا۔ بہت سے آدمیوں کو بولنے کا مرض ہوتا ہے۔ اور وہ فضول بولتے ہیں۔ ہماری کانگرس میں بھی اس قسم کے باتونی آدمی موجود ہیں وہ سارا سارا دن بولتے ہیں اور سمجھتے ہیں کہ ہماری باتوں کا بڑا اثر ہوتا ہے۔''

''ایسے ایک آدمی کو تو میں بھی جانتا ہوں۔'' کمار نے کہا۔

''کسے؟' راجارام نے دریافت کیا۔

''معاف کرنا۔ میں یہ نہیں بتاؤں گا۔'' کمار نے جواب دیا۔

''دیکھتے نہیں۔ اس شیطان کا مطلب آپ ہی سے ہے۔'' بابو سنگھ نے چھیڑنے کی غرض سے کہا۔ لیکن راجارام نے نہایت اطمینان اور خود اعتمادی سے تردید کی۔'' پاگل مجھے کس طرح کہہ سکتا ہے۔ جب اسے اچھی طرح معلوم ہے کہ میری ہر بات معنی رکھتی ہے اور میں کبھی فضول نہیں بولتا۔''

اس میں شک نہیں کہ آج تک کسی نے بھی اس سے کہا نہیں کہ راجارام جی آپ فضول بولتے ہیں۔ بلکہ ایک مرتبہ پران ناتھ نے ان الفاظ میں خراج عقیدت پیش کیا تھا۔'' جرنیل صاحب، جب آپ مرجائیں گے تو ہم آپ کی سمادھی پر لکھ دیں گے۔

''دنیا میں ایک خبطی کی کمی اور بہشت میں ایک محب وطن کا اضافہ''

اس پر پورن حیز نے پھبتی کسی۔'' لو صاحب، آپ کو خبطی کہہ دیا خبطی۔''

اور وہ ہنسنے لگا۔

''ہاں، میں خبطی ہوں۔ راجارام نے بصد شان گردن ہلاتے ہوئے جواب دیا تم کل کے چھوکرے کیا جانو جس آدمی کو کسی نہ کسی قسم کا خبط نہیں۔ اس کا دنیا میں آنا نہ آنا برابر ہے اور پھر سینہ تان کر کہنے لگا میں خوش ہوں کہ مجھے خبطی ہونے کا فخر حاصل ہے۔''

وہ اتنا خوش تھا کہ اس وجہ سے ہفتہ بھر پران ناتھ کی تعریف کرتا رہا۔ اگر اسے خبط نہ ہو تو وہ لیکچر کرنے کے لیے اس قدر بے قرار کیوں ہو۔ لیکچروں سے پیٹ تو بھرتا نہیں اور نہ عمر بڑھتی ہے۔ پھر بھی جب پچھلی گرمیوں میں اتفاق سے دو مہینے تک بولنے کا کوئی موقع نہیں ملا تھا تو اس نے نوجوانوں پر لیکچر کرنے کی زبردست خواہش کا اظہار بالواسطہ یا بلاواسطہ کر ہی دیا تھا اور آخر کمار کی کوشش سے 'انٹرنیشنل لیکچرنگ سوسائٹی' کے زیر اہتمام میانوالی جیل کی چار دیواری میں وہ لیکچر کرنے کھڑا ہوا۔ اس سے پہلے کمار نے بتا دیا تھا کہ اس نئی سوسائٹی کے قائم کرنے سے ہمارا مقصد یہ ہے کہ لوگوں کو بین الاقوامی حالات سے واقف کیا جائے لیکن راجا رام نے اس بھرم کو ابتدا ہی میں توڑ دیا۔ وہ بولا۔

''ہندستان راجا رام اور راجا رام ہندستان ہے اور راجا رام کے لیے ہندستان کی سیاست ہی بین الاقوامی سیاست ہے......''

لوگوں نے دو گھنٹے تک آزادی کا پیغام سنا۔ دس پندرہ منٹ کے بعد کچھ لوگ اُٹھ کر چلے جاتے تھے اور ان کی جگہ نئے آ بیٹھتے تھے۔ ایسا معلوم ہوتا تھا کہ راجا رام ایک ہی خیال کو بار بار دہرا رہا ہے۔ دراصل ہر اعلیٰ اور بلند خیال کو بار بار دوہرانے کی ضرورت پڑتی ہے۔ انسانی دماغ کی ساخت ہی ایسی ہے کہ اسے نیا خیال قبول کرانا پتھر میں کیل ٹھونکنے کے مترادف ہے جو آہستہ آہستہ اور احتیاط سے ہی ٹھونکی جا سکتی ہے۔ اس بات کو لینن نے بھی محسوس کیا ہے اور اس نے اپنے خیالات کو اپنی تحریروں میں بار بار دوہرایا ہے۔

'انٹرنیشنل لیکچرنگ سوسائٹی' کا اس کے بعد اور کوئی جلسہ منعقد نہیں ہوا۔ شاید اس کی وجہ منتظمین کی سستی اور بے پرواہی تھی۔ ورنہ راجا رام تو بارہا خواہش ظاہر کر چکا تھا کہ جلسہ پھر ہو جب وہ ادھر سے مایوس ہو گیا تو خیالات کے اظہار کی نئی اسکیم سوچنا

شروع کی۔حتیٰ کہ ایک دن نظر بندوں میں مشہور ہو گیا کہ راجارام نے کانگریس کے صدر مولانا آزاد کو خط لکھا ہے۔ راجارام پوچھنے پر پہلے خط کا مضمون سناتا اور پھر خط لکھنے سے اس کا مقصد کیا ہے، اس کی تشریح کرتا۔ بابو سنگھ کو تو خط لکھنے سے پہلے ہی ساری اسکیم بتادی گئی تھی۔ اس کے بعد راجارام کا اعتماد کمار کو حاصل تھا۔ اسے پاس بٹھا کر پہلے تو خط کا مضمون سنایا۔" ہم میانوالی جیل کے سب نظر بند، آپ کی صحت کے بارے میں بہت فکر مند ہیں۔ مطلع کر کے ممنون فرمائیں۔ کیونکہ آپ کا وجود قوم کا وجود ہے۔......

خط سنا لینے کے بعد وہ بولا:۔

" دیکھا کمار! میرے اس خط سے حکومت ننگی ہو کر رہ جائے گی۔ حکومت نے جب سے انہیں نظر بند کیا ہے کوئی بھی خبر باہر نہیں نکلنے دی۔ اگر میرا یہ خط روک لیا گیا تو ہمیں باہر جا کر کہنے کا موقع ملے گا کہ تہذیب اور جمہوریت کی علمبردار اس حکومت نے ہمارے خط بھی ایک دوسرے تک نہیں پہنچنے دیئے۔ ان تک نہ سہی میرا خط کم سے کم پہلے گورنر پنجاب کے پاس جائے گا۔ پڑھے گا تو اس کے سینے پر سانپ لوٹ جائے گا۔ کہ راجارام اب تک زندہ ہے اور جیل میں بند ہوتے ہوئے بھی ہمیں تنگ کرنے سے باز نہیں آتا۔ وہ وائسرائے کے پاس بھیجے گا تو اسے معلوم ہوگا کہ چالیس کروڑ ہندستانیوں کے نمائندہ صدر کو جیل میں ڈال کر ہم آرام سے نہیں بیٹھ سکتے۔ ان کے نام لیوا زندہ ہیں اور جب بھی چاہیں طوفان کھڑا کر سکتے ہیں۔ یہ کہہ کر راجارام مسکرایا اور دایاں ہاتھ کمار کی طرف بڑھا کر بولا۔ لا ہاتھ اور داد دے کہ راجارام کا دماغ کتنی دُور کی سوچتا ہے۔"

" واقعی صاحب، آپ کے پائے کی بات صوبے بھر میں کوئی دوسرا لیڈر تو سوچ نہیں سکتا۔ آپ کے سامنے سب کے سب بچے ہیں۔ دودھ پیتے بچے۔"

راجارام بچوں کی معصومیت سے مسکرایا اور پھر بولا۔ ''کمار تمہارے اور میرے درمیان تو کوئی بات پوشیدہ نہیں۔ یہاں ورکنگ کمیٹی کے ممبر بھی موجود ہیں اور اسمبلی کے بھی۔ صدر کو خط لکھنا اُن کا فرض تھا نہ کہ راجارام کا، دراصل سب دل میں ڈرتے ہیں۔ چوں تک نہیں کرتے۔''

''لیکن صاحب، آپ کو تو ڈر چھو تک نہیں گیا۔''

''ذرا سوچ کہ لوگ مجھے جرنیل ویسے تو نہیں کہتے؟'' راجارام ایک بار پھر بچوں کے انداز میں مسکرایا اور جوں جوں یہ مسکراہٹ پھیلتی جاتی تھی چہرے کی جھریاں مٹتی جاتی تھیں، جس کسی نے پہلے پہل بوڑھے اور بچے کو برابر کہا ہے۔ اس نے کسی بوڑھے آدمی کو ایسی ہی کیفیت میں دیکھا ہوگا۔ جواب راجارام پر حاوی تھی لیکن یہ بات انتہائی مسرت کے وقت پیدا ہوتی ہے۔''

راجارام نیشنلسٹ تھا۔ لیکن اس نے کبھی کمیونسٹوں سے بھی جھگڑا کھڑا نہیں کیا۔ صرف کمار سے کہا کرتا تھا کہ'' اگر کمیونسٹ ساتھ دیتے تو ہماری تحریک اس سے بھی زیادہ کامیاب ہوتی۔''

''پھر کیا ہوتا راجارام جی! سو دو سو آدمی اور جیلوں میں آجاتے۔'' کمار کہتا

''اوہو؟'' راجارام جواب دیتا۔'' آدمی آنے کی تو بات ہی نہیں۔ یہ تو ایک ہوا تھی جو انہوں نے جنتا کی جنگ کا نعرہ لگا کر بگاڑ دی۔

اس کے بعد تقریر شروع ہوتی۔ کمار کو بتایا جاتا کہ کموزم ایسا فلسفہ ہے جو ہندستان کی خاک میں کسی صورت بھی بارآور نہیں ہوسکتا۔ لیکن تعجب کی بات یہ ہے کہ راجارام کے اس قدر قریب رہنے اور یہ تقریر سننے کے باوجود ڈیڑھ دو ماہ سے کمار بھی کمیونسٹ بن گیا ہے۔ راجارام اس کے ساتھ اب بھی اس طرح بولتا ہے، فرق یہ ہے کہ کمیونسٹوں کے متعلق پہلے جو باتیں اس سے ہوتی تھیں۔ وہ اب بابو سنگھ سے ہوتی

ہیں۔

ہر نوجوان کے کمیونسٹ بن جانے سے راجارام کو رنج ہوتا تھا، لیکن کمار کی تبدیلی تو ایک خاص صدمہ تھا۔ جب کبھی وہ تنہا بیٹھ کر سوچتا۔ اس کا دل تلخی سے بھر جاتا اور کمار کو جو قرب حاصل تھا وہ دُوری میں تبدیلی ہوتا رہتا۔ راجارام کو کبھی اس پر ترس آتا اور کبھی غصہ۔ اس واقعہ کے ہفتہ بھر بعد ایک جلسہ ہوا۔ اس میں جب راجارام تقریر کرنے کھڑا ہوا تو اس نے کہنا شروع کیا۔ ہم لوگ آزادی کا حلف لے کر جیلوں میں آتے ہیں اور اندر آ کر اس سے منحرف ہو جاتے ہیں اور پھر بہانہ کرتے ہیں کہ ہمارا مطالعہ وسیع ہو گیا ہے سمجھ میں نہیں آتا کہ یہ نوجوان کس طرح بھٹک جاتا ہے۔ راجارام بھی تو نوجوان تھا اور اس کا دل اب بھی جوان ہے۔ لیکن وہ کبھی نہیں بھٹکا۔ وہ اس وقت سے کانگرس میں آیا ہے۔ جب ۱۹۰۵ء میں فخر قوم گوپال کرشن گوکھلے لاہور آئے تھے اور کسی شاعر نے نظم......

●●●

انسان اور درندے

فساد ختم ہونے کے بعد جب میں اپنے گھر یو ر بی پنجاب لوٹا تو جس کے پاس جا بیٹھتا — وہی خیر خیریت کی دو چار رسمی باتیں کہنے کے بعد قتل و غارت مار پیٹ اور لوٹ کھسوٹ کی داستاں سنانی شروع کر دیتا — جو پریوں کی کہانی کی طرح حیرت انگیز واقعات سے پُر ہوتی — اور تعجب یہ ہے کہ یہ کہانیاں الف لیلے کی کہانیوں کی طرح من گھڑنت نہیں بلکہ حرف بحرف سچی تھیں۔ سنانے والوں نے اپنے آنکھوں کے سامنے وقوع پذیر ہوتے دیکھی تھیں۔

میں اس وقت جو کہانی قلمبند کرنے لگا ہوں۔ وہ میرے دوست جسونت نے مجھے سنائی تھی۔ دراصل جس طرح اور لوگوں نے مجھے فساد کے متعلق بہت سے واقعات سنائے — اُس نے بھی ذاتی تجربہ سے ایک واقعہ بیان کیا — واقعہ بذات خود رقت انگیز اور دردناک تھا۔ اس کے علاوہ کہنے کا ڈھنگ اتنا سادہ اور دلکش تھا کہ اس کا ایک ایک لفظ میرے ذہن پر نقش ہو کر رہ گیا۔ اس وقت نہ جسونت کو یہ معلوم تھا کہ یہ کہانی لکھی جائے گی اور میں نے بھی ایسا نہیں سوچا تھا۔ مگر اب جب میں کچھ لکھنے کا ارادہ کرتا ہوں تو جسونت کا حسین گول چہرہ اور یہ واقع ذہن میں اُبھر آتا ہے اور میں اسے دوہرائے بنا نہیں رہ سکتا۔

جب میں جسونت سے ملنے گیا تو وہ اپنی چھوٹی سی دوکان میں بیٹھا جلدیں باندھ

رہا تھا۔ مجھے دیکھتے ہی لپک کر ہاتھ ملایا اور محبت سے پاس بٹھالیا۔ دو منٹ تک ہم دونوں خاموش بیٹھے رہے جیسے پنجاب میں جو کچھ ہوا ہے اس پر افسوس کر رہے ہوں۔ ندامت سے سر جھک گئے ہوں۔ آخر بات چل پڑی۔ جسونت نے کہنا شروع کیا۔

میں اور میرا ساتھی مہان سنگھ لونگووال سے لوٹ رہے تھے۔ جب ہم مہلاں کے اڈے سے ٹانگے پر بیٹھے تو سڑک کے کنارے کی جھاڑیوں سے نکل کر یکا یک دو عورتیں سامنے آگئیں۔ وہ بہت گھبرائی ہوئی تھیں۔ چہرے اُترے ہوئے اور پاؤں سوجے ہوئے تھے۔ آنکھیں خوف اور مایوسی سے پتھرائی ہوئی تھیں۔ میں کیا بتاؤں کامریڈ ان کی حالت بیان کرنا بہت مشکل ہے۔ ان میں ایک جوان تھی اور دوسری بوڑھی۔

بی بی تم کہاں سے آئی ہو؟ میں نے دریافت کیا۔

''اوتھوں ای'' بوڑھی عورت کے منہ سے نکلا اور وہ سونی آنکھوں سے اِدھر اُدھر دیکھنے لگی۔ مجھے ان آنکھوں میں دیکھنے سے ڈر آتا تھا۔

معلوم ہوتا ہے یہ ڈسکے سے آئی ہیں۔ میں نے اپنے ساتھی مہان سنگھ سے کہا اور جوان عورت نے جو کاٹھ کی مورتی کی طرح چپ کھڑی تھی۔ سر ہلا کر میری بات کی تائید کی۔

بی بی، گھبراؤ نہیں۔ یہاں تمہیں کوئی کچھ نہیں کہے گا۔ میں نے اس عورت سے کہا۔ اس نے میری طرف دیکھا اور دیکھتی ہی رہی۔ جیسے اُسے یقین نہ آرہا ہو کہ اس نے جو کچھ سنا ہے وہ سچ ہے۔ اسے بھی کوئی بی بی کہنے والا دھرتی پر موجود ہے۔

آؤ ٹانگے میں بیٹھ جاؤ۔ میں پھر بولا۔

ہمارے پاس پیسے نہیں ہیں۔ دونوں نے مدھم آواز میں ایک ساتھ کہا۔ مایوسی اور لاچاری اُن کے چہروں پر نقش تھی۔

کرایہ میں دوں گا۔تم بیٹھ جاؤ۔

انہوں نے ایک دوسری کی طرف دیکھا اور چپ کھڑی رہیں۔

ہاں، بیٹھ جاؤ۔ ہم تمہیں کیمپ میں چھوڑ دیں گے۔ میں نے نیچے اُتر کر کہا اور پوچھا۔بھوک لگی ہو تو کھانے کو لاؤں؟

نہیں، پچھلے گاؤں میں تمہاری ہی طرح کوئی بھلا آدمی مل گیا تھا اس نے ہمیں روٹی کھلادی ہے۔ بڑھیا نے کہا اور وہ دونوں تانگے میں بیٹھ گئیں، اس کے بعد میں بھی بیٹھ گیا اور کوچوان کو تانگہ چلانے کے لیے کہا۔

پیسے دو گے نا؟ اس نے پوچھا۔

کیوں نہیں، جب کہہ دیا ہے تو ضرور دوں گا۔

اس نے شکریہ ادا کیا اور گھوڑے کو چابک لگائی وہ بڑی دیر سے سواریوں کا انتظار کر رہا تھا۔ ان دنوں کون سفر کرتا ہے؟

تانگہ چلا تو عورتوں نے سکھ کی سانس لی اور ان کی جان میں جان آئی۔

ڈسکہ مسلمانوں کا گاؤں تھا جب فسادات شروع ہوئے تو آس پاس کے دیہات کے تمام مسلمان وہاں جمع ہو گئے۔ انہوں نے کچھ دنوں تک تو حملہ آوروں سے اپنی حفاظت کی لیکن جب غنڈے اور راجہ کی فوج دونوں اُن پر ٹوٹ پڑے تو ہمت ٹوٹ گئی۔ لوگ کیڑے مکوڑوں کی طرح مر رہے تھے۔ جان بچا کر اِدھر اُدھر بھاگ رہے تھے یہ عورتیں بھی کسی نہ کسی طرح وہاں سے بھاگ نکلی تھیں۔ راتوں رات پندرہ بیس کوس کا فاصلہ طے کیا تھا۔ کھیتوں اور جھاڑیوں میں چھپتی چھپاتی آئی تھیں۔ کانٹوں میں اُلجھ کر کپڑے پھٹ گئے۔ پاؤں زخمی ہو کر سوج چکے تھے۔ تکان سے اس قدر نڈھال ہو چکی تھیں کہ چلنے کی سکت باقی نہیں رہ گئی تھی۔ تانگہ کھڑا دیکھا لیکن چلنے کو کیسے کہتیں۔ ڈر کے مارے قریب تک نہ آئیں۔ جھاڑی میں دبکی بیٹھی رہیں۔ اب

ہمیں دیکھ کر باہر نکلنے کا حوصلہ کیا۔

آدمی کے من میں آس تو آخری دم تک باقی رہتی ہے۔

تانگہ اڈے سے میل، ڈیڑھ میل آگے آیا تھا کہ سڑک کی دائیں طرف ایک آدمی کھڑا نظر آیا۔ اس کے کندھے پر بھالا رکھا ہوا تھا۔ لمبا چوڑا قد، سرخ آنکھیں اور کالا سیاہ رنگ، دیکھ کر وحشت آتی تھی۔ پرے کچھ فاصلے پر ایک گھوڑی کھڑی تھی جس کی لگام بغل میں دبائے ایک دوسرا آدمی گھاس پر لیٹا ہوا تھا اور بندوق اس کے پاس رکھی تھی۔

اے تانگے والے! تانگے میں کون ہے؟۔ کالے سیاہ آدمی کی بھاری اور کرخت آواز جنگل میں گونج اٹھی اور دونوں عورتیں سہم گئیں۔

'ہم ہیں' میں نے سر باہر نکال کر اطمینان سے جواب دیا۔

'کوئی شکار تو نہیں'

'نہیں'

اس نے تانگے میں جھانک کر نہیں دیکھا اور ہم آگے بڑھ گئے۔

'شکار' کا لفظ میرے ذہن میں کھٹکتا رہ گیا۔ لیکن کچھ بولنا مناسب نہیں تھا۔ اس آدمی کی شکل کتنی مکروہ اور بھیانک تھی ایک تو رنگ کالا — پھر پگڑی بھی کالی ہی باندھ رکھی تھی۔

تانگہ کافی دور نکل آیا۔ مگر دونوں عورتیں ابھی تک سہمی ہوئی تھیں، ان کی آنکھوں میں خوف بھرا تھا۔ جب ہم نے آپس میں بات چیت شروع کی، تب ان کا ڈر دور ہوا۔ پھر بھی وہ رہ رہ کر پیچھے کی طرف دیکھ لیتی تھیں، کہیں وہ بھیانک آدمی اور اس کا ساتھی پیچھا نہ کر رہے ہوں۔

انہوں نے تو پیچھا نہیں کیا لیکن جب ہم کھیڑی کے قریب پہنچے تو پلی پر......

'پلی تو تم نے دیکھ رکھی ہے؟' جسونت نے پوچھا۔'ہاں دیکھی ہے' میں نے جواب دیا۔ وہاں دس بارہ آدمی اکٹھے بیٹھے تھے اور راہ چلتے مسلمانوں کو گھیر کر مار رہے تھے۔

'تانگے میں کون ہے؟' انہوں نے ٹوکا۔

'ہم ہیں' میں نے جواب دیا۔

'کوئی غیر تو نہیں؟'

'نہیں' میں پھر بولا۔

ایک بار یہاں سے بھی جان بچی۔ لیکن ہم مشکل سے تین فرلانگ ہی جانے پائے تھے کہ ان میں سے ایک آدمی سائیکل پر سوار آ پہنچا اور آگے آکر تانگے کو روک لیا۔

'یہ عورتیں کون ہیں؟' یہ تمہاری نہیں، مسلمان ہیں۔ وہ بولا اور پھر لال پیلی آنکھیں دکھا کر تانگے والے سے کہا۔

'انہیں کیوں چڑھایا ہے؟'

تانگے والا ڈر گیا اور میری طرف اشارہ کر کے کہا 'انہوں نے کرایہ دیا ہے'

'ہاں' میں نے کرایہ دیا ہے۔ انہیں میں لے جا رہا ہوں۔ میں نے آہستہ مگر مضبوط آواز میں کہا۔

'تم کیوں تکلیف کر رہے ہو؟' اس نے کہا۔ اور ایک وحشت ناک اور کمینہ مسکراہٹ اس کے ہونٹوں پر نمایاں ہوئی۔ انہیں نیچے اتارو، ہم سیدھے پاکستان بھیج دینگے۔

میں نیچے اتر آیا بحث شروع ہوگئی۔ اس کا کہنا تھا کہ ہم ظلم نہیں کرتے، بدلہ لے رہے ہیں، لیکن میں نے اُسے بتایا کہ عورتوں، بچوں اور معصوم لوگوں کو مارنا کسی طرح بھی جائز نہیں۔ جب انہوں نے ہمارا کچھ نہیں بگاڑا تو ان کے قتل کو تم بدلا کیسے کہتے ہو؟

وہ لاجواب ہو گیا اور کچھ پسیجا ہوا معلوم ہوا۔ شاید وہ' ہمیں جانے کی اجازت دے دیتا۔ لیکن اتنے میں اس کے ساتھی بھی آ پہنچے اور وہ عورتوں کو اُتار دینے کے لیے ضد کرنے لگے۔ میں جتنا سمجھاتا تھا وہ اتنا ہی بگڑتے تھے۔ ان میں ایک پتلے دبلے اور کمزور جسم کا شخص بھی شامل تھا۔ جتنا وہ مریل اور سوکھا ہوا سا نظر آتا تھا اتنا ہی زیادہ وِس بھی گھول رہا تھا۔ چونکہ وہ پیچھے کھڑا تھا اس لیے میں اسے نہیں دیکھ سکا۔ اب وہ آگے آکر بولا۔ دیکھو بھائی اس طرح کی باتیں نہیں کیا کرتے۔ اس دیا (رحم) نے تو پہلے ہمارا بیڑا غرق کیا— پرتھوی راج نے محمد غوری کو چھوڑا اس کا نتیجہ آج ہم بھگت رہے ہیں۔ اپنی قابلیت پر وہ آپ ہی مسکرایا اور مجھے لاجواب سمجھ کر فلاسفروں کی طرح آگے کہا۔ اور پھر یہ تو کوئی دیا بھی نہیں ہے۔ یہ عورتیں اب جی کر کیا کریں گی؟ ان کے آدمی مارے گئے۔ گھربار اُجڑ گئے اپنے کھانے کا ٹھکانہ نہیں، یہ مردوں سے بھی بُری ہیں۔ آپ انہیں کہاں کہاں اُٹھائے پھریں گے۔ انہیں سیدھے پاکستان بھیجا جارہا ہے— بھیجنے دو۔

مجھے اس بونے اور زلیل آدمی کی باتوں پر غصہ آیا۔ جی میں آئی۔ کہ اس کے منہ پر ایک ایسا چپت رسید کروں کہ وہ چکرا کر زمین پر جا گرے۔ لیکن میں ضبط کر کے تحمل سے بولا۔ دیکھو لالہ، بہت باتیں نہیں کیا کرتے۔ میں یہ اچھی طرح جانتا ہوں کہ تم نے یہ سب باتیں کہاں سے سیکھی ہیں، تم کہتے ہو نہ کہ یہ عورتیں اب جی کر کیا کریں گی ذرا اپنی ان سوکھی ہڈیوں پر تو نظر ڈالو۔ ان میں سے اگر کوئی آدمی تمہیں مٹھی میں لے کر بھینچ دے تو تم سوکھے آک کی طرح ٹوٹ جاؤ۔ تمہیں ان سوکھی ہڈیوں سے پیار کیوں ہے؟ تم ہی جی کر کیا کرو گے؟

اس کی زبان سوکھ گئی اور چہرہ پھیکا پڑ گیا اور بات سن کر انہی میں سے دو تین آدمی مسکرا دئے۔ اب میری کچھ ہمت بندھی اور میں ان مسکرانے والوں کو جو سب سے

تندرست اور مضبوط معلوم ہوتے تھے، الگ لے گیا اور کہا۔

میں جانتا ہوں کہ آپ لوگ بہادر ہیں۔ اور ہمیشہ بہادری کے کام کرتے ہیں۔ پر عورتوں اور بچوں کو مارنا بہادری نہیں۔

یوں بلا مقابلے کسی کو مارنا تو بزدل اور نیچ آدمیوں کا کام ہے۔ تمہاری شان کے خلاف ہے......

میں ان سے یہ باتیں کہہ رہا تھا کہ وہ سائیکل والا آدمی جس نے آکر تانگہ روکا تھا، وہاں آگیا اور مجھے غور سے دیکھ کر بولا۔ میں نے تمہیں پہلے بھی کہیں دیکھا ہے تمہارا نام کیا ہے؟

'جسونت'

'ٹھیک ٹھیک' میرا نام سن کر وہ جھٹ بولا۔ ہمارے گوردوارے میں پچھلے سال جو دیوان لگا تھا تم اس میں آئے تھے۔ اور اپنے ساتھیوں کو مخاطب کرتے ہوئے اس نے کہا...... میں نے ان کا لیکچر سنا ہے۔ بہت اچھا بولتے ہیں۔ ساری بات سمجھا کر اور کھول کر کہتے ہیں۔

اس طرح کچھ اس نے تعریف کی اور کچھ میں نے دو چار باتیں اور کہہ کر اثر ڈالا۔ آخر انہوں نے ہمیں جانے کی اجازت دے دی۔

جب معاملہ بہت اُلجھ گیا تھا تو بچے والی عورت نیچے اتر آئی تھی اور لاچار نگاہوں سے ادھر ادھر خلاء میں جھانک رہی تھی جیسے موت کا انتظار کر رہی ہو۔ میں نے اس سے کہا—بی بی تم کیوں اُتر آئی ہو۔ تم تو اوپر بیٹھو۔

اس کے منہ سے ایک لفظ نہیں نکلا— صرف ایک ایسی نظر مجھ پر ڈالی جس میں تمام امید ختم ہو چکی ہو۔

وہ ابھی تک بے حس کھڑی موت کا انتظار کر رہی تھی اس نے ان لوگوں کا فیصلہ

نہیں سنا۔ میرے کہنے کے بعد بھی بڑی مشکل سے حرکت میں آئی اور تانگے میں چڑھی۔ اس کے بعد میں بھی بیٹھ گیا۔

تانگہ ابھی چلنے بھی نہیں پایا تھا کہ نئی مصیبت کھڑی ہو گئی۔

سامنے سے ایک آدمی سائیکل پر سوار آرہا تھا۔ اسے دیکھتے ہی دو تین آوازوں نے بیک وقت کہا:۔ تو وہ جتھیدار صاحب آرہے ہیں، اُن سے فیصلہ کرالیا جائے۔

ہمیں پھر روک لیا گیا۔ عورتوں پر پھر موت کی اُداسی چھا گئی۔

جتھیدار نے تانگے کے پہیے پر پاؤں رکھ کر سائیکل روک لی۔ اور بنا اُترے ہی کھڑے کھڑے تمام کہانی سن کر اس آدمی سے جس نے آکر تانگا روکا تھا اور جواب میرا واقف کار بن گیا تھا۔ کہا...... میرے فیصلہ کی کیا ضرورت ہے؟ تم اس علاقے کے مالک ہو، جو ٹھیک سمجھتے ہو کرو۔

اس نے کہنے کو تو اتنا ہی کہا لیکن اس نے سائیکل کا پیڈل مارتے وقت آنکھ سے جو اشارہ کیا وہ نہایت خطرناک تھا۔ چنانچہ انہوں نے ہمارے گرد جمع ہو کر کہا۔

جتھے دار نے سودھنے (مارنے) کا حکم دیا ہے۔ اب تو ہم نہیں جانے دیں گے۔

جتھیدار کا حکم تو میں نے بھی سنا ہے۔ انہوں نے تو کوئی ایسی بات نہیں کہی۔ میں نے بات بنائی اور آگے کہا۔ فرض کیجیے جتھیدار نے حکم ہی دیا ہو۔ آدمی کو اپنے کہے کا بھی کچھ پاس ہوتا ہے۔ جب تم نے ایک بار کہہ دیا کہ جاؤ۔ تو بس اب جانے دو۔

نہیں جی۔ یہ کیسے ہو سکتا ہے۔ ہماری بات کچھ اور تھی ہم جانے بھی دیتے اب جتھیدار کی بات تو ضرور ہو گی۔

بڑی نازک حالت تھی وہ کچھ بھی سننے کو تیار نہیں تھے۔ جیسے ان پر بھوت سوار ہو گیا ہو۔ عورتیں تانگے سے اُترنے کو تیار تھیں۔ لیکن میں انہیں روک کر خود نیچے کود پڑا اور تانگے کے آگے کھڑا ہو کر نرم مضبوط لہجے میں بولا۔

اچھا تم جتھیدار کی بات پوری کرو۔ پر ہم نے بھی ان کی حفاظت کا وعدہ کیا ہے اور جیتے جی حفاظت ضرور کریں گے۔

میرے ساتھ ہی ساتھ مہان سنگھ بھی کود پڑا اور تانگے والا بھی اُتر آیا۔ اس آدمی نے جس نے سائیکل پر آ کر تانگہ روکا تھا۔ اور جسے جتھیدار نے علاقے کا مالک کہا تھا اپنے ساتھیوں کو چپ کھڑے رہنے کا اشارہ کیا۔ میری آنکھوں میں آنکھیں ڈال کر ایک منٹ تک دیکھا پھر کہا۔ اچھا جاؤ، تم جان پہچان کے نکل آئے اب تمہارے ساتھ کیا جھگڑا کریں گے۔

تانگہ چل پڑا اور وہ لوگ بلی کی طرف لوٹ گئے۔

اچھا ہوا جھگڑا نہیں کیا، تانگے والے نے کہا، میں ان لوگوں کو جانتا ہوں۔ وہ گھوڑے کی پیٹھ تھپتھپانے لگا اور ذرا رک کر پھر بولا۔ پہلے تو میں یہ سوچ کر چپ ہو گیا تھا کہ چلو ہمیں کیا، پڑوس کا معاملہ ہے، کس لیے جھگڑا کرنا ہے۔ پر جب دیکھا کہ تم اتنا کچھ کر رہے ہو۔ جان تک خطرے میں ڈالنے کو تیار ہو تو سوچا ہم کیا مرد نہیں ہیں؟ ان کے کیڑے ہیں، دوسرے کے لیے کچھ بھی نہیں کر سکتے؟

وہ بھی دیہات کا رہنے والا تھا۔ صحتمند اور زور آور تھا۔ چھاتی چوڑی اور کندھے مضبوط تھے۔ پہلے بھی جب میں ان سے باتیں کر رہا تھا وہ میرے پیچھے شانے سے شانہ ملائے کھڑا تھا، ذرا بھی الگ نہیں ہوتا تھا۔ جیسے میری حفاظت کی ذمہ داری اس نے خود لے لی ہو۔ وہ چپ چاپ دیکھتا اور سنتا رہا۔۔۔ لیکن اب اپنے من کی بات کہہ رہا تھا۔

تمہیں ذرا ہاتھ لگاتے پھر دیکھتے کیا ہوتا ہے۔ واہ گرو جی جھوٹ نہ کہلائے لڑنے میں دس آدمیوں کا مقابلہ کر سکتا ہوں۔

☆

شہر تھوڑی دور رہ گیا تھا۔ ہم بے فکر آگے بڑھ رہے تھے۔ سامنے سے ایک انسان آتا دکھائی دیا۔ لمبا قد بھرا ہوا خوبصورت چہرہ، سر پر موٹا سفید صافہ باندھ رکھا تھا۔ جس کا کنارا بائیں کان کے پاس لٹک رہا تھا۔ اور کندھے پر گنڈاسہ تھا۔۔۔ بڑے رعب اور تمکنت سے چلا آ رہا تھا۔ اس کی آنکھوں میں نہ جانے کیا جاذبیت تھی

کہ اسے دیکھ کر ذرا بھی خوف یا اندیشہ محسوس نہیں ہوتا تھا۔

یہ سنگھ بہت ہی بھلا آدمی ہے۔ ٹانگے والے نے کہا۔ سارا دن اِدھر اُدھر گھومتا رہتا ہے۔ اس کا کام ہی یہ ہے کہ کوئی مسلمان ملے تو اسے کیمپ میں چھوڑ آئے۔

جب وہ قریب آگیا تو ٹانگے والے نے اس سے میرا تعارف کرایا اور ہمارے ساتھ جو بیتی تھی وہ کہانی سنائی۔ وہ واقعی بھلا آدمی تھا۔ بہت ہی میٹھی اور مختصر بات کرتا تھا، کھڑیال کا رہنے والا تھا اور اس کا نام بنتا سنگھ تھا۔ اس نے معذرت کی کہ میں صبح سے پھرتے پھرتے تھک گیا ہوں۔ اب تھوڑی دیر آرام کروں گا۔ آگے دو بوڑھی عورتیں جارہی ہیں۔ ان کے ساتھ میں اپنے ایک ساتھی کو کر آیا ہوں۔ تم بھی خیال رکھنا۔ 'اکوئی' سے آگے نکل جاؤ تو پھر کوئی خطرہ نہیں۔

تھوڑی دور آگے چل کر ہمیں وہ عورتیں اور اس کا ساتھی ملا۔ اب ایک عجیب بات دیکھنے میں آئی۔ ان میں سے ایک بڑھیا اور ہمارے ساتھ ٹانگے میں بیٹھی جواں عورت دونوں ایک دم رو اٹھیں۔

تو روتی کیوں ہو؟ میں نے اس عورت سے پوچھا۔

بڑھیا میری ساس ہے۔ جواب ملا۔

وہ ٹانگے سے اُتر کر بڑھیا کے گلے سے چمٹ گئی۔ روئی خوب روئی۔ بڑھیا بھی رو رہی تھی۔ وہ ایک دوسرے کے لیے مرچکی تھیں۔ اب جب اچانک میل ہوا تو ان کا غم اُبل پڑا۔ آنسو بن کر بہ نکلا۔

میں اور مہان سنگھ نیچے اُتر آئے اور ان عورتوں کو ٹانگے میں بٹھا دیا۔ اکوئی کے پاس کوئی آدمی نظر نہیں آیا۔ جب ہم وہاں سے آگے گذر گئے تو بنتا سنگھ کا ساتھی لوٹ گیا۔

اب ہم سنگرور پہنچ گئے تھے تھوڑی دور پر کیمپ تھا۔ جس میں شہر اور دیہات کے بیس پچیس ہزار مسلمان جمع تھے۔ مرزا خورشید بیگ انچارج تھے۔ ہم ان عورتوں کو جب اس کے سپرد کر کے لوٹنے لگے تو سب کی آنکھوں میں تشکر بھرا تھا۔ جوان عورت نے میرے قریب آ کر کہا۔ بھائی تم نے جو نیکی کی ہے اسے ہم کبھی نہیں بھولیں گی۔ اس وقت ہمارے پاس دینے کو کچھ نہیں۔

لینے دینے کی بات نہیں بی بی۔ یہ سیاسی آدمی ہیں۔ ان کا کام ہی یہ ہے۔ مہان سنگھ نے کہا۔

وہ عورتیں اب پاکستان چلی گئیں ہیں۔ تانگے والے سے کبھی کبھی ملاقات ہو جاتی ہے۔ وہ بڑے ادب اور احترام سے ملتا ہے۔

جسونت نے جب یہ کہانی ختم کی تو اس کے ہونٹوں پر ایسی دلکش اور خوشگوار مسکراہٹ کھیل رہی تھی جو اس وقت پیدا ہوتی ہے۔ جب آدمی کی روح کو کوئی اچھوتی مسرت گدگدا رہی ہو۔

●●●